edition suhrkamp 2481

Sie interessieren sich für ein Leben als Schriftsteller? Wollen wissen, was jenseits des Schreibtisches sonst so passiert? Was es heißt, in einer Fußballkneipe nach seinem Beruf gefragt zu werden, sich als deutscher Gastautor unvermutet in einer brasilianischen Basketballhalle vor fünftausend Brasilianerinnen wiederzufinden oder als Ein-Satz-Schauspieler in einem Hollywoodfilm? Und wie es ist, vorm Nachtpostschalter Schlange zu stehen, um eine Story in letzter Minute zu einem hochdotierten Wettbewerb zu schicken, und plötzlich vor und hinter sich Gesichter von Kollegen zu erblicken... In neun Erzählungen lüftet Bernd Cailloux die Geheimnisse des *german writing*: etwa, daß der Ausdruck von irischen Fischern stammt und für die runenartig krakeligen Zeichnungen auf Hummerpanzern steht. Und daß ein fetter Hummer und ein dicker Panzer nie verkehrt sind.
Bernd Cailloux lebt in Berlin. Zuletzt erschien in der edition suhrkamp sein Roman *Das Geschäftsjahr 1968/69*.

Bernd Cailloux
german writing

Erzählungen

Suhrkamp

edition suhrkamp 2481
Erste Auflage 2006

Originalausgabe

Satz: Jung Crossmedia Publishing, Lahnau
Druck: Druckhaus Nomos, Sinzheim
Umschlag gestaltet nach einem Konzept von Willy Fleckhaus: Rolf Staudt
Printed in Germany
ISBN 3-518-12481-1
ISBN 978-3-518-12481-9

1 2 3 4 5 6 – 11 10 09 08 07 06

Inhalt

Abend am Spätschalter

Das Ende der vor mir liegenden Geschichte schien durchaus gelungen, auch in den mittleren Passagen lief sie recht ordentlich – aber der Anfang, dieser verdammte Anfang, las sich doch sehr problematisch. Nach wie vor erforderte der erste Satz allergrößte Sorgfalt. Seit Stunden schon überlegte ich, ob es nicht zu banal oder zu filmisch sei, eine Story mit einem Anruf beginnen zu lassen, als das Telefon klingelte.

Etliche Wochen hatte ich hochkonzentriert am Schreibtisch verbracht, bis zur Ausdörrung resistent gegen Verführungen aller Art. Und jetzt lud mich eine interessante Frau für den Abend auf ein Atelierfest ein – ganz spontan, sagte sie und erinnerte daran, daß unser letztes Zusammentreffen so ausgesprochen witzig gewesen sei. Aber eigentlich riefe sie nur im Auftrag des im Moment verhinderten Gastgebers an. Gerade wegen dieser Einschränkung klang ihre Einladung vielversprechend und verdiente gleich in doppelter Hinsicht meine Aufmerksamkeit.

Heute geht es leider nicht, sagte ich mit vom Verzicht gedehnter Stimme, ich mache gerade etwas fertig, das unbedingt noch mit dem heutigen Poststempel herausgehen muß.
Das kenne ich von den Architekten, sagte Helena, ein Wettbewerb.
Der Vergleich war nicht völlig zutreffend, aber freundlich.

Arbeit bis zur letzten Minute, sagte ich, die ganze Geschichte wird wieder einmal in der Nachtpost enden, wie immer bei diesen Abgabetermin-Sachen.
Um was geht es denn?
Um eine Kurzgeschichte, sagte ich.
Wer in aller Welt braucht denn so dringend Kurzgeschichten?
Ein Papierkonzern will wissen, was Geld bedeutet, sagte ich, für die beste Antwort auf ein paar Seiten lassen sie zwanzigtausend springen.
Die wollen nur Ablenken vom Gemetzel in den Tropenwäldern.
Auf diese Weise kriegen sie einige große Artikel im Feuilleton.
Perfide Idee, sagte Helena, ausgerechnet Leuten wie dir so eine Preisfrage zu stellen.

Eine einfühlsame Frau, dachte ich, und entgegen meiner Erinnerung sogar mit einem Hauch von Ironie. Wenn ich mir demnächst bei jemandem Geld leihen müsste, würde ich mich eventuell für sie entscheiden. Sie bedauerte meine Absage und gab noch einen Tip für alle Fälle, einem Trick der Architekten, vermutlich denselben Leuten aus ihrer ersten Bemerkung.

Keine Panik, sagte sie, ich kenne da einen Schalterbeamten, der dreht für einen Hunderter den Poststempel wieder zurück auf den Vortag.

Wollte diese Frau etwa herausfinden, ob mir meine Geschichte notfalls einen Hunderter Extra-Porto für eine Rückdatierung wert wäre? Oder hatte sie mit dem kostspieligen Tip einen rein rechnerisch koketten, fast obszönen Versuch in Richtung meines nur so möglichen Erscheinens bei ihrer Party gemacht? Jetzt, in der heißen Endphase, wurde meine Konzentration doch noch gestört. Für Momente beunruhigte mich neben der Vorstellung, bereits heute abend Helena weitere Geheimnisse entlocken zu können, auch die Tatsache, daß sie Ärztin war, und das auf mittlerer Höhe der Karriereleiter. Nach meiner Erfahrung gab es bei manchen, sozial verunsicherten Schriftstellern eine latentes Interesse an Partnerschaften mit weiblichen Wesen in Weiß. Vielleicht leitete jene Kollegen außer der durchaus vorstellbaren Erotik auch der Aspekt, diesen Beruf als Chance einer über das Medizinische hinausgehenden Versorgung zu betrachten. So eine wirtschaftliche Überlegung konnte einen jederzeit überkommen – nicht unbedingt ein schöner Gedanke, aber es gibt eben auch weniger schöne Gedanken. Und abgesehen von Helena wäre da heute abend noch immer das Atelierfest gewesen.

Weil ich gelegentlich an die bestimmende Kraft des Schlusses einer Geschichte glaube, stürzten mich in den folgenden Stunden die letzten Zeilen in erneute Zweifel. Der Schlußsatz mußte nochmals und zurückstrahlend die besten Absichten der gesamten Wortmasse erschließen und ebenso abschließen. Punkt, fertig, aus. Danach duschte ich kurz, nahm ein mit Sambal Oelek aufgepepptes Büchsengulasch sowie zum Glück leichte 22-Uhr-Nachrichten zu mir und ging los. Um meine krakelig gesessene Figur aufzulockern, ging ich zu Fuß in Richtung Hauptbahnhof.

Vor einem mir vom Gesamtangebot her eher verhaßten Möbelgeschäft in der City verträumte ich einige Minuten angesichts eines Dreisitzers aus Büffelleder..., ein Klassiker. Die Couch lauerte mir schon seit Monaten in diesem Schaufenster auf – wie für den Dialog mit mir bereit, allerdings stand ihr Preis zwischen uns wie ein ausgewachsener Büffel. Ich schrieb Kurzgeschichten, eine in diesem Zusammenhang nahezu unsinnige Beschäftigung, ein fast versunkenes Handwerk wie das Klöppeln, ein einsames Geschäft – also keins. War es da nicht der Gipfel des Unsinns, sich an einem Kurzgeschichten-Wettbewerb zu beteiligen? Gerade jene zahlreichen Preis-Ausschreibungen der Papier- und Medienkonzerne, der Schraubenfabriken, Banken, Kleinstädte und Nordseeinseln zeigten, wie heruntergekommen diese alte Kunstform in Wahrheit ist. Diese Leute entwerteten aus Eigennutz ein ernstzunehmendes Genre, indem sie einen Freizeit-Spaß mit Gewinnchancen daraus machten. Einer bestenfalls noch in romantisierenden Spielfilmen alten Zauseln auf den Leib geschriebenen, aber ansonsten mißachteten, brotlosen Kunst schmeichelten sie mit der Illusion ihrer Vergoldung – ein absurder Gedanke, zwanzig Riesen für ein paar betippte Seiten, einer wird gewinnen, völliger Blödsinn, dabei mitzumachen.

Doch im Augenblick lag die Sache ein bißchen anders. Diesmal bestanden möglicherweise Chancen, weil ich gleich drei Geschichten ins Rennen schickte, eine unter meinem Namen, die anderen unter Pseudonym. Multiple choice – die Vermehrung verringerte gewisse Unsicherheiten hinsichtlich des Ausgangs eines solchen Wettbewerbs. Meinem erzählerischen Spektrum durchaus entsprechend, hatte ich ein ästhetisches splitting vorgenommen und stellte eine sanft analysierende, eine ins Irrwitzige überdrehte und eine verbraucherfreundliche, realistische Story zur Auswahl. Natürlich unmöglich vorherzusagen, welche dieser Auffassungen sich am Ende bei einer Jury durchsetzt. Jetzt, unmittelbar vor der Abgabe, war mir meine spekulative Handlungsweise selbstverständlich bewußt; klar auch, daß es ehrenvollere Gründe für die Verwendung von Pseudonymen gab. Aber die Frage, warum und wozu diese Erzählungen überhaupt schreiben, hatte eine vergleichsweise leichte Antwort gefunden – für den Wettbewerb eben. Und im Lauf der Arbeit war, obwohl von außen angeregt, bei mir zunehmendes Interesse an den Geschichten entstanden.

Es hatte mir großes Vergnügen bereitet, in einer kleinen Groteske einige Konzernmanager im Vertragswust ihrer Beteiligungen überraschend entdecken zu lassen, daß sie einen anderen, großen Konzern zur Gänze besitzen – worauf der betreffende Unternehmens-Verbund sofort kontert, nein, es verhalte sich genau umgekehrt, ersterer, besitzhungriger Konzern gehöre nämlich zweifelsfrei ihm zu, dem nur vermeintlich besessenen. Und dann geht das Gezerre und Gekeife tüchtig los – eine hervorragende Idee mit gierig-offenem Ende und vielen Juristen-Darstellern. Der Held der zweiten Story ist ein Tausender, den ein feiner Herr im Restaurant einem vor sich hintobenden Maler schenkt, der die verächtlich angenommene Barschaft daraufhin einer Frau an der Bar für einen Quickie anbietet, diese akzeptiert den Schein zum Schein und verschwindet schlankweg durchs Toilettenfenster, um den Braunen zu Haus ihrem Zockerfreund zu geben, der schnurstracks ins Spielcasino abzischt, ihn an eine Dame des dort dominierenden Typs verliert, die wieder daheim schließlich auf den mittlerweile von der Malerfaust gebleuten feinen Herrn aus dem Restaurant trifft, und am

Ende einer langen Nacht flattert der enorm herumgekommene Tausender auf einer Büffelledercouch nieder…, gut, ein Hauch von Schnitzler, Bresson und Max Ophüls, dem Älteren, aber sehr ordentlich adaptiert. Die dritte Geschichte spielt in einer Nachtpost. In einer momentanen Wallung seltener Überzeugtheit war ich selbst ziemlich gespannt, welche der drei Arbeiten den Papierleuten das Preisgeld wert sein würde.

Als ich die Nachtpost am Hauptbahnhof erreichte, sah ich eine in S-Form gewundene, phantastisch lange Menschenschlange, die ich im ersten Augenblick für frei erfunden hielt. Was trieb mehr als hundert Leute dazu, hier mitten in der Nacht so eine Schlange hinzustellen? In der weiten, eben durchquerten Bahnhofshalle hatten sich nur zwei, drei Afrikanergruppen in ihren Kofferburgen verloren. Obwohl es mir ziemlich zuwiderlief, drehte ich mich so geschickt ins Schlangenende ein, daß ich auf Anhieb fünf Plätze unter den verwundert rätselnden Neuankömmlingen gut machte. Warum legen Kulturbehörden und Preisauslober derartig präzise Termine fest? Diese Bürokraten müßten doch wissen, daß sie mit ihrem Einsendeschluß die freie Entscheidung eines Autors erschweren, etwas zu Ende gebracht zu haben oder nicht. Sie sollten ihn nicht zwingen, sich in so eine alltägliche Wurst mit Antragstellern, Widerspruchseinlegern und Mietprotestlern hineinzuquetschen. Irgendwann im Frühjahr abgeben, irgendwann im Herbst verkünden – ginge es nicht auch so?

Heute war Ultimo, kurz vor halb zwölf, und noch kein Grund zur Unruhe. In meinen Kuverts warteten schließlich hoffnungsvolle Texte auf ihre Lektüre. Nach wie vor fand ich richtig, daß sie ein verbindendes Erkennungszeichen aufwiesen. Aus reinem Interesse, und um der Jury eine faire Chance bezüglich der Identität der drei Autoren zu geben, hatte ich in jede Story an exponierter Stelle einen ganz bestimmten, wortwörtlich gleichlautenden Satz eingebaut. Einen recht prägnanten Satz, der zumindest durch mehrmaliges Lesen auch in der Fülle der Einsendungen auffallen müßte, und der gleichzeitig einen versteckten Hinweis auf die Potenz des in Wahrheit einzigen Erzählers darstellte. Natürlich würde die Jury ein wenig Glück brauchen beim Aufspüren der entsprechenden Zeilen. Im Nachhinein ärgerte mich jedoch der Tage vernichtende und am Ende verworfene Einfall, diesen betreffenden Satz partout noch verschlüsselt in Anagrammen und Palindromen einarbeiten zu wollen. Was sollte so eine Wortspielerei, hier ging es um Geld. 23 Uhr 35, weiterhin mehr als fünfzig Leute vor mir.

War nicht Freund Leiser auf einem Fest einmal mit dieser Helena in die hinteren Räume weggetaucht? Schon ein paar Jährchen her, eine turbulente Party-Geschichte, ausgrechnet mit Leiser. Was hatte der damals eigentlich hinterher erzählt? Luxus, hatte er gesagt, genau, der reinste Luxuskörper, eine Frau wie aus Marmor. Und heute abend auf einem Atelierfest, in Lebensgröße! Die urinfarbenen Fliesenwände, auf die ich nun wieder blickte, waren in meiner Nachtpost-Geschichte genau beschrieben – als die lange schon vertraute Kulisse einer Schicksalshalle, einer Walhalla unzähliger Getriebener und Hoffender, die hier zu immer neuen, existentiell bedeutsamen Post-Würfen ausholten. Leicht nervös geworden, schaute ich öfter nach hinten auf die Dazukommenden und erinnerte plötzlich eines, dann zwei, drei und nach und nach mehrere Gesichter, die ich schon des öfteren bei literarischen Veranstaltungen gesehen hatte. Und so mancher, sekundenlang mir geltende Blick aus belesenen Augen machte klar, daß mich diese Schlangensteher gleichfalls erkannten. Bist nicht der einzige Spätkommer dieser Spezies, dachte ich, andere schieben ihren Terminkram auch weit in die Nacht.

Gegen 23 Uhr 40 konnte ich die Vorgänge im Schalterbereich genauer beobachten. Eine junge, dickliche Postlerin hantierte hinterm Tresen, schwer abzuschätzen, mit welchem Erfolg. Immer öfter zuckten Einzelne hie und da aus der Reihe und bildeten weiter nach vorn geschobene Protestgruppen – ihre Drängeleien beschleunigten gar nichts. Ließen sich diese dämlichen Schlangen nicht irgendwie produktiv machen? Durch kunstvolles Heraustänzeln etwa, um bei anderen Nachtschleichern das Porto zusammenzuschnorren? So wie manche Filmfreunde in der dritten Welt die ähnlich fragwürdige Investition des Eintrittsgeldes aus der Kinokassenschlange heraus bei Passanten erbettelten? Eine unpassende Assoziation – ich stand doch nicht mit leeren Händen hier, sondern brauchte nur einen Stempel! Drei weitere Neuankömmlinge legten ihre Gesichter sofort in humorlose Falten, als sie die wahrscheinliche Reihenfolge registrierten. Da mir auch diese drei aus dem Publikum lokaler Lesungen bekannt vorkamen, zog ich meine Strickmütze tiefer in die Stirn. Mir lag wenig daran, von allzu vielen Leuten bei irgendwelchen Vorbereitungen an einem Nachtschalter gesehen zu werden. Besser, niemand dächte von mir, so etwas macht der also auch. Und in jedem Fall besser, wenn nur komplette Tatsachen aus dem Nichts an die Öffentlichkeit gelangten.

Wäre nicht doch die Wahl verschiedener Umschläge anstelle der beigen Norm-Versandtaschen günstiger gewesen? Um den Eindruck einer homogenen, individuellen Identität von Autor, Thema und Material zu verstärken, unterschieden sich die drei Geschichten jeweils in Technik und Schriftbild, eine normal ausgedruckt, die anderen per Karbon und Textilband. Aber fielen sie nicht durch die gleichen Umschläge auf? Nein, Blödsinn – die Jury würde die Einsendungen keinesfalls selbst austüten. Sie bestimmte nur den Gewinner. Ob es mir vielleicht gelänge, mein Arbeitsklima mit diesem Ledermöbel zu verbessern? Die Gefahren für einen allein auf seinem Büffel hockenden Mann waren mir durchaus bewußt, die schönste Couch konnte einem eines Abends furchtbar wehtun. Notfalls ließe sich das Geld auch anders verwenden – wenn ich nur endlich den verdammten Stempel bekäme! 23 Uhr 46, zwei Dutzend Leute vor mir. Genoß unsere Nachtpostputte etwa die begehrliche Ansammlung vor ihrem Schalter? Sie, die bleierne Herrscherin über die Datumsgrenze? Keine Aggressionen jetzt, sagte ich mir, bloß nicht ungerecht werden, bloß nicht diesen Moment des Absendens mit negativen Emotionen belasten.

Meine Konzentration richtete sich nun ausschließlich auf die zähflüssigen Verhandlungen wenige Schritte vor mir. Doch als mein nervös gewordener Hintermann mich wieder einmal in den Rücken stupste, linste ich nach einer halben Drehung auf den DIN-A3-Umschlag in seinem Arm, so wie ich es manchmal nutzlos neugierig im kleinen, streßfreien Schalterknäuel auch tue. An die Feldbrink AG, Literaturpreis Geld stand drauf – ein Brillenträger in Dufflecoat und mehrfach gewickeltem Wollschal, superlang, schau an. Wie auf einen Reflex hin suchten meine

Augen nun die nächstfolgenden in der Reihe ab und lasen sechs-, sieben-, achtmal dieselbe Adresse, Feldbrink AG, Literaturpreis. Wegen meiner, sich leider neuerdings verschlimmernden Kurzsichtigkeit konnte ich die Gesamtmenge solcher Briefe in der Schlange nur hochrechnen. Es ergab eine erstaunliche Anzahl. Mit Sicherheit addierten sich zwei junge Frauen, die plötzlich ihren Platz am Ende verließen und meinen Hintermann bedrängten – Wolfgang, sagte eine, Wolfgang, was sollen wir jetzt bloß machen, das klappt doch nie im Leben!

Welche Überraschung, so viele Gleichgesinnte. Alle verleitet und hergelockt von der Idee eines einzigen, abgebrühten PR-Managers, um hier als leicht peinliche Massierung von Außenseitern in einer stocknormalen Künstlerschlange zu enden. Aber dieser erneut lamentierende Erzählerstau veränderte weder den Inhalt meiner Kuverts noch bröckelte meine postalische Zuversicht weg – knapp zehn Minuten blieben, neun Leute vor mir. Und auch wenn es von der Logik her kein wirklich beruhigender Gedanke war, aber alle vor und hinter mir wartenden Mitbewerber hielten jeweils nur einen Umschlag in den Fingern. Mit ihm, flach wie zur Kollekte in der ausgestreckten Hand, drängten wiederholt Einzelne laut redend in Richtung Schalter, ein sinnloser Akt im beginnenden Kontrollverlust. Zu spät, Freunde – allzu langes, zeitraubendes Überarbeiten konnte einem bekanntlich so manchen Text ruinieren. Das Entsetzen darüber stand deutlich im Gesicht des Mannes, der fünf vor Zwölf die Halle betrat und nach sekundenlanger Versteinerungspantomime seinen Erzählerbrief wie ein Schwert durch die Schalterscheibe bohren wollte – nur den Stempel brauche ich, sagte er in vollem Ernst.

Alle brauchen hier nur einen Stempel!
Der Mann verharrte trotz meines barschen Zwischenrufs vorn in der Reihe, von Verlustangst getrieben ruckte er mehrmals zum Tresen. Noch kampfbereit hielt er sein Gewinnerstück mit beiden Fäusten – in 180 Sekunden wäre alles vorbei, ohne Stempel die Erzählung ihrem Verfallsdatum erlegen. Er könnte höchstens seine im Geldwert so schnell gesunkene Arbeit an ein kleines Literatur-Magazin schicken, keine tröstliche Idee, aber vielleicht bliebe es ja ein Stück Kunst. Er könnte letztlich der Post und ihrer engstirnigen Datumsauffassung die Schuld am Verfehlen größerer Ziele geben, 23 Uhr 57. Mit kurzem Kopfzukken und noch schärferer Stimme wies ich den Mann endgültig zurück – ab nach hinten, ans Ende!

Machte ich hier innerhalb weniger Minuten eine Persönlichkeitsveränderung durch? Auf Drängler reagierte ich normalerweise gleichmütig, und die Tragik des Augenblicks betraf mich eventuell im selben Maß wie jenen glücklosen Verfasser. In diesen Sekunden verfluchte ich den Papierkonzern, so wie ich noch nie im Leben einen Konzern verflucht hatte. Denn für uns hier war bereits jetzt der Wettbewerb in vollem Gange – mit 40, 50 und mehr Konkurrenten im Nacken und vor der Nase. Und ich stand heute abend nur in einer Nachtpost des überraschend shortstoryträchtigen Deutschlands. Ich sah mich plötzlich nur als drei von so vielen Erzählern. Und ein Pappschild im Schalterfenster drückte definitiv aus, was alle wußten: »Um 24 Uhr wird der Stempel auf den nächsten Tag umgestellt.«

Große Sorgen bereitete mir ein Paar an der Spitze, beide in blaugrauen Synthetik-Jacken, der Mann trug eine

Mütze mit Pelzbesatz auf den hochgeklappten Laschen. Ein einziges Telegramm nach Polen jetzt – und alles wäre verloren. Nur zwanzig Worte in den Osten, buchstabiert vorm und hingemalt hinterm Tresen, und nochmals buchstabiert und übermalt – und all meine prosaischen Mühen und Pläne gingen den mitteleuropäischen Bach runter. Immer noch 23 Uhr 57, und ich entdeckte an der Längswand vor den Briefkästen den ersten persönlich Bekannten, einen Mann mit gesundem und bereits erfolgsgekröntem Hang zum Literaturfunktionär, eine weiche Betriebsnudel mit neuerdings aufrauhendem Dreitagebart. Er sah mich, nun in Bestposition, und gab sofort das Studium der Briefkastenbeschriftung auf.
Der Deutschen Schicksal, sagte er, vorm Schalter stehen, Hallo.
Und hinterm Schalter sitzen ihr Ideal, sagte ich, Tucho.
Er stellte sich neben mich, genau genommen, sogar vor mich. Unter flinken Kontrollblicken auf mögliche Reaktionen in der angesichts des Uhrzeigers schon fast erstarrten Schlange begann er, bequem zu plaudern.
Und du kommst zurecht mit den steigenden Kosten – oder?
Wir leben im Spätkapitalismus, sagte ich, jeder muß soviel Geld wie möglich machen.
Als erste vor uns in der Reihe standen zwei Spanier. Einer las »mundo deportivo«, der andere schaute auf seine eng vorm Bauch geballte Faust.
Unternehmerisch sind diese Schalterhallen längst nicht ausgereizt, sagte ich ablenkend, Kaffee, Bier und Baguettes könnte es zum Beispiel an Schalter neun geben.

Der Jungfunktionär blieb einfach stehen und schaute ebenfalls nach der spanischen Faust. Kein Wort bisher, was ihn hier mitten in der Nacht herführte. Wollte er etwa kollegial meine Abfertigung abwarten, um danach mit mir noch in eine Kneipe zu gehen? Zwei Minuten vor zwölf holte er aus der Tiefe seiner Manteltasche einen Brief – eigentlich keine Überraschung mehr, Marken bereits drauf.

Eine unwichtige Geschichte, sagte er, allerdings brauch ich den Poststempel von heute.
Klar, sagte ich, der Wettbewerb.
Man kann ja nie wissen, sagte er, drei Tage Arbeit, sieben Seiten, ein Schnellschuß, wirklich nix Dolles.
Okay – wenn's so ist, nehm ich dich mit in die Reihe. Alles unter 200 Seiten ist ohnehin Lyrik.

Mit dem gewählten Seitenmaß wollte er vermutlich erzählerische Souveränität demonstrieren – jenseits von pseudogenialer, aphoristischer Weisheit, ohne kompromißlerisch mit fünf Seiten zu geizen oder gar aufdringlich das von den Papierleuten angegebene Maximum von zehn auszunutzen. Zufällig war ich mehrmals auf dieselbe Seitenzahl gekommen. Aber wenn er mich beim Frankieren beobachten würde, sähe er unvermeidlich meine drei gleichadressierten Umschläge. Mit literarischen Tips war ich eigentlich nicht so freigiebig, wie ich es gern wäre.

Im Auftrag des Spaniers beschriftete die Beamtin im komplizierten Wechsel etliche Formulare in diversen Farben.

Das ist das Ende, sagte ich, eine deutsche Postfrau, zwei Spanier und hundert quengelnde Dichter vor einem Spätschalter.

Der Spanier nahm nun die Hand vom Leib – wie einen Vogel fest und zart umschloß seine Faust ein Bündel Tausender, zweifingerbreit oben herauslappend. Viel Geld, sagte jeder von uns in einer anderen Sprache, viel, viel Geld. Mit ironisch stolzer Geste löste sich der Mann von seinem Besitz und ließ die Scheine in verächtlich spielerischer Schnellzählung vor unseren Augen noch einmal flattern.

Für Papa in Badalona, sagte er und lachte.

Exakt um Mitternacht schoben wir unsere Briefe zusammen mit dem Geld des Spaniers durch den Drehteller des Schalters. Mindestens zwanzig Mille wurden da durchgedreht. Beim Bezahlen des Portos fehlte mir das sichere Gefühl, den gesamten Vorgang damit tatsächlich beendet zu haben.

Nach Verlassen der Post mußte alles sehr schnell gehen. Zu Hause setzte ich mich sofort wieder an den Schreibtisch. Bevor ich jedoch mit einer weiteren, wettbewerbsgeeigneten Arbeit begann, versuchte ich, Helena zu erreichen. Mir war in diesem Moment gleichgültig, ob sie den unverabredeten, nächtlichen Anruf mißverstehen würde.

Hallo Helena, sagte ich nach mehr als einem Dutzend verklungener Freizeichen.
Oh ja..., ach du, du, oh ja, du – mit so feiner Milde flüsterte nur Marmor im Halbschlaf.
Hör zu, Helena, du mußt mir unbedingt einen Gefallen tun.
Oh ja, sagte sie, mach ich, was du willst.
Du hast heute nachmittag einen Postbeamten erwähnt, sagte ich, der Mann, der seinen Stempel für'n Hunderter

wieder zurückdreht, um einen Tag, irgendwo draußen in einem Vorort.

Und dann berichtete ich Helena von den bewegten Ereignissen des Abends am Spätschalter. Nach meinem Eindruck war diese Frau eine geborene Zuhörerin. Aber ich erzählte ihr das Ganze natürlich in einer sehr kurzen Fassung – denn den Rest der Nacht brauchte ich dringend zum Niederschreiben dieser Geschichte.

Anruf aus Hollywood

Der Tag, an dem Hollywood anrief, war der erste in einer Reihe von interessanten Tagen. Es ging um eine Rolle in einem Film. Er sollte »The Bancroft Covenant« heißen und eine Fünfzig-Millionen-Dollar-Produktion sein, prominent besetzt mit Michael Caine, Victoria Dempe und Mario Adorf. Das hörte sich gut an. In so einem Spielfilm mitzuwirken übt auf Schauspieler und auch auf Nichtschauspieler einen gewissen Reiz aus – insbesondere dann, wenn es keine allzu großen Umstände macht. In diesem Fall kam der Anruf Hollywoods sogar als Ortsgespräch zu mir, aus dem »Kempinski« nämlich, wo sich die Produktionsfirma mit allen Abteilungen auf drei Etagen eingerichtet hatte. Sie lud ein zum Vorstellungstermin am nächsten Tag um 14 Uhr, at the hotel. Es lag nur eine Viertelstunde Fußweg entfernt, mehr war nicht zu leisten – so gesehen ein ausgesprochen günstiges Rollenangebot. Morgen also – oh je, schon morgen – würde ich den Filmbossen in die Augen schauen und ihre Methoden kennenlernen.

Doch die Produzenten und der Regisseur, ein sogenannter Altmeister namens John Frankenheimer, ließen sich bei diesem Termin nicht blicken; dabei hatte ich ihretwegen die halbe Nacht im Bett verwälzt und mir zigmal alle denkbaren Eventualitäten vorgestellt. Der Mann dagegen, der mich sehen wollte, war in der Hierarchie der achte von neun Regieassistenten und, wie sich herausstellte, nur für eine einzige Szene zuständig. In dieser langen, den Plot des Films auflösenden Schlußsequenz sollte ich einen Journalisten spielen – na gut, man kann nicht gleich alles haben.

Auf den Fluren des Hotels herrschte enormer Betrieb. Provisorische Schilder wiesen den Weg, schablonenhaft handgemalte ähnlich denen, die man in älteren Kriegsfilmen sehen konnte – »Produkt. Leitung D 2« und, mit einem Hinweispfeil, »Hauptkasse Zimmer 412«, das wäre dann also in der vierten Etage. Ohne viele Worte führte mich der Assistent in einen kleinen Salon, postierte mich an der Wand und verlangte eine darstellerische Geste.

»Eine darstellerische Geste?«
»Ja, irgendeine«, sagte er.
»Ja, welche denn?«
»Drücken Sie einfach aus, daß Ihnen das hier alles auf die Nerven geht.«

Das gelang problemlos. Er fotografierte mich mit zusammengepreßten Lippen und ruckartig halbhoch gerissener Hand, um danach mit meinen hinnotierten Daten und dem angetackerten Polaroid eine Personalakte anzufertigen. Hollywood war bekannt für ordentliche Aktenführung. Der Mann trug einen dicken Stapel hinüber in die Büros und sagte, »Sie hören von uns.«

Es passierte nichts. Die Actors-Akte schien in irgendeiner Zimmerflucht vor sich hin zu schlummern. Dabei hatte es viel Mühe gekostet, überhaupt so weit zu kommen. Monatelang hatte ich auf diese Gelegenheit hingearbeitet. Seit mehr als einem Jahr war das Filmgeschäft ein Thema, das mich zwangsläufig bewegte, da es meine Freundin sehr bewegte. Abend für Abend loteten wir in nicht endenden Gesprächen Angelikas Möglichkeiten in dieser Branche aus. Sie hatte eine Casting-Firma gegründet und sich lange geweigert, mich in ihre Schauspieler-Liste aufzunehmen, weil sie wußte, daß ich kein Schauspieler war. Knapp bei Kasse war ich, sonst nichts. Immer wieder mußte ich ihr klarmachen, daß sie mich schon deshalb nicht auf ewig als Komparse einsetzen könnte. Als U-Bahn-Fahrgast oder Streifenpolizist, wo mein Gesicht, wie einmal sogar ein Regisseur gemeint hatte, doch glatt verschenkt wäre. Allein aus beziehungspsychologischen Gründen sollte sie mich nicht zu weit in die Kleindarstellerei treiben; oder mir solche Winz-Rollen zuschanzen, wo ich während der Nazizeit Jacqueline Bisset durchs Bibliotheksregal ein konspiratives Buch hätte zustecken dürfen, wenn meine spielfilmmäßig unverbrauchte Visage vom Regisseur nicht als »zu jüdisch« abgelehnt worden wäre. Dieser dämliche Amerikaner scheuchte mich nach fünfzehn Sekunden vom Drehort, obwohl gerade mir diese Rolle auf den Leib geschrieben war – schließlich hatte ich schon oft genug mit verschwörerischer, deutscher Mimik einer schönen Frau ein Buch in die Hand gedrückt.

Die Ablehnung war ein Schock für uns beide. Nachhaltig vergrößerte er Angelikas Ängste, mich statt als Statist für eine zehn- bis zwanzigmal höhere Tagesgage als professionellen Schauspieler zu vermitteln. Sie befürchtete einfach, daß meine Laienhaftigkeit in einem unglücklichen Moment auffallen und dadurch geschäftsschädigend auf sie zurückfallen würde. Monatelange, liebevolle Überzeugungsarbeit war nötig, um sie auf ein neues Wagnis einzustimmen. Erst als ich ihr André Bazins Theorie näherbrachte, Filmemachen sei so etwas Ähnliches wie ein Ding drehen, schmuggelte sie mich endlich auf die Liste der Berufsschauspieler für die Produktion von »The Bancroft Covenant«.

Nach drei langen Tagen rief Hollywood wieder an.

»Mister Frankenheimer möchte Sie sehen«, sagte Assistent Acht, »und zwar um siebzehn Uhr – zum Vorsprechen.«

Zum Vorsprechen? Verdammt, dachte ich, der Mann will's aber genau wissen. Es entstand ein längerer Moment der Stille.

»Hallo, Hallo«, rief die Assistentenstimme, als käme sie aus dem Weltraum, »sind Sie noch da?«
»Ja, selbstverständlich«, sagte ich, »klar, zum Vorsprechen, siebzehn Uhr. Das geht ja nicht am Telefon.«
»Nein. Die Entscheidung, ob Sie die Rolle kriegen, fällt dann aber sofort.«

Fragen über Fragen rotierten durch mein Hirn. Was hatte ich mir da bloß eingebrockt? Was bedeutete überhaupt »Vorsprechen« – und was bedeutete es in diesem Milieu? Auf die Couch mit der Couch-Potatoe? Schneller blank ziehen? Oder was sonst? Dieser Altmeister war bekannt für gute Arbeit, harte Sachen, Krieg und Krimi, »Der Zug« und »French Connection«, auch Sanftes wie »Der Gefangene von Alcatraz« mit Lancaster und dem Vögelchen in der Zelle. Das war natürlich lange her, aber von lexikalischem Rang. Trotzdem wäre es übertrieben zu sagen, daß ich mit einem John Frankenheimer unbedingt hätte arbeiten wollen.

Das Vorsprechen schien die gesamte Belegschaft der Produktionsfirma mobilisiert zu haben. Die Leute standen oder saßen in Gruppen und sahen dem Ereignis im großen Saal entgegen. Ein luxuriöser Raum, der Teppich so weich, daß es mir vorkam, bis zu den Knöcheln einzusinken auf dem Weg in die hintere Ecke. An zusammengeschobenen Tischen hockten dort etwa zwei Dutzend Darsteller, die bereits wußten, nur sechs oder sieben von ihnen würden eine Rolle bekommen. Dieses Wissen arbeitete in jedem so, daß die Runde über das hin und her gehende, einem nervösen Zucken gleichende Lächeln nicht herauskam und sich anschwieg. Man reichte uns zum Einstudieren verschiedenfarbige Kopien mit Originalsätzen aus dem Drehbuch wie »Sie halten sich für einen Freund der Musik...«, »Sie sind ein Freund von Bach und Beethoven...«, »... und ausgerechnet Sie machten bei diesem Nazi-Komplott mit.«

Die Sätze waren schon schrecklich genug. Aus meiner Sicht wurde es jedoch noch schrecklicher, als das Vorsprechen schließlich begann. Dazu mußte jeder Aufgerufene sicheren Schrittes den Saal in voller Länge durchqueren, um sich in der gegenüberliegenden Ecke vor dem Tisch der leitenden Filmhersteller aufzubauen und eine Probe seines Könnens zu geben.

Und wie sie das taten! Bereits der erste Bewerber ließ mich vor Schreck zusammenfahren, die folgenden nicht weniger. Welch ein Geschrei! Von Sprechen konnte hier wirklich nicht die Rede sein. Sie alle riefen, deklamierten, brüllten die Sätze mit professioneller Verve und ungeahnter Ganzkörpergestik in den Raum. Als hätten sie die Energie eines Jahres für diese neunzig Sekunden aufgespart, als stünden sie auf einer riesigen Freilichtbühne, als hinge ihr weiteres Leben von diesem Auftritt ab. Ich war vollkommen perplex, erschüttert wie ein Kind im Horrorfilm. Eine korpulente Dame mit Obst-und-Gemüse-Hut interpretierte den Text wagnerianisch, der folgende Kerl von einem Kanten sah aus wie ein Sohn von Jack Palance, beide extrem lautstark und überlebensgroß präsent – die packten es bestimmt. Der Chef-Kameramann, der Chef-Autor und director Frankenheimer himself, alle silberhaarig auf die siebzig zugehend, saßen entspannt am Kaffeetisch wie amerikanische Rentner in Garmisch, die einem fernen Alphornkonzert lauschen – der Leitende Produzent kuschelte mit seinem auf ihm herumkletternden Töchterchen, während sich die Kandidaten vor ihm abstrampelten. Jemand rief: »Der Nächste bitte.« Angelika, weit weg im Saaleingang stehend, legte ihre zusammengekrallte Hand vor den Mund.

O Gott, dachte ich, Ogottogott, jetzt ist's aus, kein Wort bringst du hier raus, jetzt fliegt der ganze Schwindel auf. Angstschweiß tropfte aus den Achseln und erkaltete im Hemd, die Beine zu Tischbeinen verholzt und das Gefühl, das Stimmband hätte sich tief im Rachen eingerollt – ein Casting-Krüppel, steif und stumm. Was tun? Auf die Toilette verschwinden? Sich auf der Stelle krank melden? Am Jurytisch wanderte meine Akte von Hand zu Hand.

Dann vollzog sich eins der beim Film immer möglichen Wunder.

»Nehmen Sie doch bitte Platz«, sagte John Frankenheimer.

Das hatte er bisher zu niemandem gesagt.

Ein charmantes Lächeln legte sich über seine eben noch strenge Prüfermiene, sein beim Warten von mir nur ungern gehörter Kommandoton war weg. Der Mann begann eine freundlich zivile Unterhaltung – vom Namen auf meiner Akte angeregt, auf französisch. Mit dem wackligen Stolz eines kalifornischen Senior-Touristen, der sich auf den Pariser Straßen versöhnungsselig anbiedert, stellte er simple Fragen und bekam simple Antworten. Er konnte gar nicht genug kriegen von dem Geplauder. Während wir ganz munter die Reste unseres Schulfranzösisch zusammenwarfen, schauten sich die dabeisitzenden Herren mit klimpernden Augenlidern an – jeder am Tisch war beeindruckt, die Crew, die Produzenten, alle staunten über die Fähigkeiten des Altmafiosos in ihren Reihen. Erst jetzt begriff ich ihn. Anstelle des von mir befürchteten Vorspielens spielte der Regisseur hier selbst eine Szene vor: den gebildet parlierenden Mann von noch ganz anderer Welt als der schnöden Hollywood-Realität.

Um ihm den genüßlichen Auftritt zu verlängern, lenkte ich die Aufmerksamkeit auf den mir laut Kopie zugewiesenen Text. Es war ein vergleichsweise knapper Fragesatz. Er lautete: »Wer ist dieser Mann?« Dieser Satz war trotz seiner scheinbaren Dürftigkeit doppelt veredelt – zum einen im Original durch den Bestsellerautor Robert Ludlum, vom dem »The Bancroft Covenant« stammte, und zum zweiten durch die Überarbeitung des Drehbuchschreibers Georg Axelrod, der mit am Tisch saß, berühmt seit seinem Monroe-Film »Das verflixte siebte Jahr«.

Frankenheimer hatte meinen Satz auf seiner Kopie gefunden. »Voilà«, sagte er, »qui est cet homme.«

»Schon auswendig gelernt«, sagte ich, »den Text muß ich mir nicht mit 'nem Kuli auf die Handflächen notieren.«

Wir diskutieren kurz über den Satz. Meiner Meinung nach bot er weitergehende sprachliche Möglichkeiten. Ob man trotz der beachtlichen Vorarbeit die einfache Frage eines Pariser Reporters vielleicht nicht doch noch etwas verbessern könnte?

»Wollen Sie ihn auf Hochfranzösisch, im Argot oder lieber in der Gaunersprache hören? Also ›qui est ce Monsieur‹, ›ce typ‹ oder ›ce mec‹?«

»Sehr interessante Versionen«, meinte Frankenheimer und nickte mit wohlgesonnenen Blicken in die Runde. »Bitte bereiten Sie sich darauf vor«, sagte er dann, »daß Georg möglicherweise über Nacht für Sie noch ein paar Sätze zu dieser Rolle hinzuschreiben wird.«

Noch mehr Sätze für mich? Wenn das passierte, hätte ich mich hier ja ohne Not in die Bredouille gequasselt. Andererseits war in Hollywood bekanntlich das Hinzuschreiben von Text bei einer Rolle ein Höchstlob und Zeichen, daß es mit einem aufwärtsgeht. Tatsächlich warf John Frankenheimer zum Schluß ohne weitere Worte die Uncle-Sam-Geste über den Tisch, sein Zeigefinger wies auf meine Nase – I want You.

Der Zeigefingerwurf war der Auftakt für einen abrupten Szenenwechsel. Assistent Acht bat mich hinaus in den Gang, wo er in einer dunklen Ecke etwas von Budget-Problemen flüsterte und fragte, welche Gage mir denn für die drei Drehtage so vorschwebe. Ich nannte eine nette Summe, die ungefähr in Höhe eines nach drei Jahren Arbeit erhaltenen Buchvorschusses schwebte; oder, anders gerechnet, die mir auf einen Schlag jenes Geld zurückerstattete, das ich über drei Jahrzehnte unsinnigerweise und garantiert zuviel an den Kinokassen gelassen hatte. Der Assistent antwortete sofort, yes, ja, okay, geht in Ordnung. Seine Vorstellung von der Gagenhöhe offensichtlich genau getroffen, womöglich sogar noch unterboten zu haben ärgerte mich im selben Augenblick über alle Maßen.

Vordergründig erklärt und begriffen, ging es um die Darstellung einer internationalen Pressekonferenz. Das hieß zunächst, diszipliniertes Herumlungern in angenehmem Ambiente. Wenn Hollywood anrief, wurde auch der große Illusionskumpan Vater Staat schwach – zum ersten Mal überhaupt durfte ein Film im Justizpalast des Oberverwaltungsgerichts gedreht werden. Der wilhelminische Großklotz mit seiner imposant hohen Empfangshalle spielte die »Geneva Bank«. Auf dem von Säulen gerahmten oberen Treppenabsatz sollte die Pressekonferenz vor sich gehen, was filmisch kaum Aufregendes hergäbe; es sei denn, man baut wie Robert Ludlum den Mord an einem der Vortragenden in den scheinbar drögesten Moment des Ablaufes ein. Angesichts dieser literarischen Grobschlächtigkeit entschied ich während der Proben, obwohl Vertreter eines Revolverblatts, meine Rolle gegen den

Strich zu bürsten und die Figur eher distinguiert zu geben. An den äußersten Rand gestellt die Szene im Halbdunkel überdauern – so war's gedacht, eine dezent vorgenommene Eigenregie.

Nach einigen Durchläufen wurde dieser Plan jedoch von Frankenheimer durchkreuzt. Er glaubte, in meinem Gesicht genügend Gauloise, Rotwein und miese Affären zu sehen, um mich eigenhändig ganz nach vorn zu bringen. Wie die anderen leitenden Herren agierte auch er mit dem Extra-Pep, den ältere Männer in ihre Handlungen legen, um fit und entschieden zu wirken. Mit kräftigem Griff packte er den Pariser Reporter bei den Schultern und zog ihn regieführend von ganz Außen zur Mitte: »I want you to stay here!« Hier stand ich nun zu meinem Schreck, nur eine Armlänge weg und Aug' in Aug' mit Mister Bancroft beziehungsweise Michael Caine. Drei Tage sollten wir zusammen spielen beziehungsweise an der einmal festgelegten Position zusammen stehen. Da lernte man sich schon ein bißchen kennen.

»Mach bloß keinen Fehler«, flüsterte mir Angelika im Vorbeigehen zu, »und benimm dich wie jeder andere aus meiner Kartei.«

Noch immer voller Sorge wegen ihrer Manipulation hielt sie es für besser, daß wir hier nicht als Paar erkannt würden. Das war leichter gesagt, als zu befolgen. Wenn Angelika durchs Bild spazierte, beeindruckte das die Männer aus Los Angeles. So ein üppiges Gewoge kam offenbar weder in ihrer Arbeit noch in ihrem Privatleben allzuoft vor. Besonders der Busen beeindruckte diese Filmfritzen, sehr realistische, mit voller Kraft voraus gerichtete Brüste

– ganz vorn an den Spitzen würde sie frieren, klagte sie oft, weil sie zu weit vom Körper abstünden. Zweifellos gehörten diese Brüste ihr, die konnte sie hinschieben, wohin immer sie wollte. Ebenso wie ihre melodischen Hüften, um die mal der dritte, mal der siebte Assistent seine pseudokollegialen Hände legte. Film ist eine verdammt ungerechte Angelegenheit, dachte ich und blinzelte hinter all ihren Wegen her. Aber was sollte ich tun? »Dich konzentrieren auf deine Rolle«, sagte Angelika in der Pause, bevor sie wieder in den Weiten der Handlungsorte verschwand.

Am Morgen des Drehbeginns herrschte schon früh der für die Herstellung des Films nötige Betrieb. Vor dem Eingang des Gebäudes parkte eine unübersehbar lange Wohnwagenschlange, als hätte ein wilder Campingclub hier einen Gerichtstermin. Der gigantische Aufwand hatte das Viertel um die »Geneva Bank« endgültig erreicht – hydraulisch hochgefahrene Beleuchtungstürme, Lkws mit weißen Reflektionssegeln, Straßensperren. Die Halle innen hell erleuchtet, bestückt mit fünf oder mehr Panavisions-Kameras an der Decke, im Fußboden, in den Ecken; doppelt so dick wie die mir bis dahin bekannten Modelle. Das alles sollte dazu dienen, das bekannte Tumult-Klischee bei Pressekonferenzen deutlich sichtbar auf Zelluloid zu fixieren. So geschah es auch. Rein rechtlich konnte ich mich nicht einmal darüber mokieren. Seit ich den Vertrag unterschrieben hatte, gehörte ich zu einem der nach Griffith und de Mille in Hollywood so beliebten Massenaufgebote. Hier waren es an die zwanzig Schauspieler großer und kleiner Rollen, dazu über hundert mit Fotoapparaten behängte Statisten, die schnell, langsam, wüst, stumm, in Ausschnitten, im Zusammenhang, im kontrollierten Chaos von einem Team in Kompaniestärke gefilmt wurden. Als Sensationsreporter warf sich Jack Palance' Sohn mit zielsicheren journalistischen Hechtsprüngen in die dichtgedrängte Konferenzmenge, eine unauffällige Frau im Trenchcoat – und nicht jene mit dem Obst- und Gemüse-Hut – durfte alle unsere Sätze allein aufsagen, und der Musikfreund Adorf wurde rund siebzigmal erschossen, was seinen notorisch unverständigen Blick nicht im mindesten veränderte.

Zwischenfälle gab es keine – bis auf einen vielleicht. Ein Statist in der sechsten Reihe sollte bei Caines Monolog über den durch »Bancrofts Vermächtnis« bewirkten Tod dreier Menschen gelächelt haben. Das irritierte. »Step back«, rief Frankenheimer dem Undisziplinierten zu, step back, Stufe um Stufe trieb er den Statisten rückwärts, step back, bis der parierend, aber ahnungslos erschrocken unten die Eingangstür erreicht hatte. »And now take the powder and run!« Schau an, dachte ich, dieser alte Hollywoodmann. So einer wie der hatte noch richtiges Englisch parat – eine schöne, bei der Gelegenheit in der Tat anzuwendende Redensart für »Schieß in den Wind«.

Michael Caine und ich versuchten, trotz alledem den Kontakt zu halten. Wenn die uns zugewiesene Blickachse sich im Strudel der Ereignisse zu verziehen drohte, blieben wir unaufgeregt und lächelten kaum merklich in den Mundwinkeln. Nach meinem Eindruck teilten wir das Konzept der reduzierten Spielweise als Prinzip der Darstellung – das hieß, wir legten uns die größtmögliche Zurückhaltung auf, die »stillness« oder das »non-acting«, um es im Fachjargon zu sagen. Mir kam das aus den verschiedensten Gründen entgegen. Doch letztlich war er im Vorteil, weil er wußte, um was es hier ging. Vor meinen Augen mußte er hundertmal die halbe Treppe heruntersteigen, hundertmal wieder seine Sätze so hersagen, als geschähe es nur dies einzige, bedeutsame Mal in einem Leben. Und als am Abend des dritten Tages die bestmögliche Balance zwischen Mensch und Technik erreicht war, als die Nerven aller Beteiligten längst blank lagen, mußte bei der finalen Aufnahme erst recht jede Geste, jedes Wort stimmen – die ganze Geschichte mußte ihm jetzt im Gesicht stehen. Michael Caine hat das geschafft. So gewannen die Hersteller sieben Filmminuten.

Beim Spazierengehen in meinem Viertel habe ich eines Nachmittags zufällig Angelika wiedergetroffen (eher erahnt als erkannt an ihren schlanken Waden, während sie eine Reihe Schaufenster abwanderte, im traumverlorenen Gang derer, die aus ihrer sonstigen Eile in ungewohnte Langsamkeit verfallen). »Na, wie geht's«, sagte ich, »lebt's sich noch immer gut vom Massenbetrug?« »Ach, du alter Provokateur«, sagte sie nur. Wir gingen in ein Café und sprachen über alte Zeiten und jüngste Verwirrungen. Sie war schmaler geworden, eine Endvierzigerin mit nun flacher am Körper liegenden Busen, und verliebt in einen grausam jungen Assistenten ihrer eigenen, längst etablierten Produktionsfirma. Ein Termin wegen des Kaufs einer Eigentumswohnung hatte sie in die Gegend geführt. »Es ist schon meine dritte«, sagte sie – »und was machst du so mit deinem gelbstichigen Leben?«

Was aus unserem damaligen Hollywood-Film geworden war, wußte auch sie nicht. Niemand wußte es. Meine Suche nach ihm läuft mittlerweile schon seit etlichen Jahren – bei jedem Festival durchforste ich stets aufs neue sämtliche Sektionen; bisher vergeblich. Im vergangenen Sommer hätte ich ihn fast erwischt, an einem der letzten Tage meines Urlaubs im hohen Norden. In einer Programmzeitschrift mit der Vorschau auf die kommenden Wochen wurde ein Film mit dem Titel »Bancrofts Vermächtnis« angekündigt – auf einem der Kanäle des schwedischen Kabelfernsehens.

Das japanische Fadenziehen

Es war kurz vor elf Uhr abends, samstags abends – und nichts zu machen gegen den Drang ins Freie, noch immer nicht. Also geh aus, solange du noch kannst, geh raus auf die kleine Tour, mach wenigstens den Hopper im Zeitungscafé, mehr ist heute ohnehin nicht drin, das war mir klar, zu klar. Wie gewohnt verliefen die ersten Schritte hinkend, eine alte Sache, diese seit Jahren chronisch entzündete Achillessehne im linken Bein, die mich nach dem Aufstehen stets aufs neue momentelang verstimmte. Nur wenig später jedoch kam angesichts der bevorstehenden Lektüre der Wochenendbeilagen leichte Vorfreude auf – auch deshalb, weil ich überhaupt etwas vor hatte.

Ein warmer, fast tropischer Abend, einer dieser hemdsärmeligen Sommerabende, die einem gute Laune geradezu aufdrängen, viel Betrieb auf dem Weg in Richtung Zeitungscafé. Auf halber Strecke blieb ich an der Front eines persischen Restaurants stehen. Im Lokal war eine Bauchtänzerin zugange, eine üppige, vom Dekogestrüpp im Fenster nur spärlich verdeckte Frau, die sich mit rasantem Beckenrollen geradewegs auf mich zubewegte. Um blendfreie Sicht zu haben, schirmte ich mit beiden, an die Scheibe gedrückten Händen die Augen ab und schaute ins Innere. Nun war die Frau zum Greifen nah. Als mir Sekunden später bewußt wurde, was ich hier tat, brach ich die Beobachtung ab und ging weiter.

Eine erst kürzlich angelesene Kontaktanzeige fiel mir wieder ein – irgendein Mann hatte darin nach einer »intellektuellen Bauchtänzerin« gesucht. Pures Wunschdenken eines Träumers? Die Anmache eines Schwerenöters, der metapherngeilen Leserinnen einen Köder hinschmeichelte? Oder inserierte so vielleicht der avantgardistische Flügel der Russen-Mafia? Diese Annäherungsversuche per Anzeige fand ich seit jeher lächerlich, und Komplimente machen war noch nie meine Stärke. Doch schon die nächsten Schritte wurden vom Gedanken an eine Frau vergiftet, an die ich am liebsten nie mehr gedacht hätte. Ich schob mir einen halben Kaugummi in den Mund.

Der Schmerz im Fersenbereich löste sich erwartungsgemäß auf – das Weiterschlendern war nun beschwerdefrei. Fast so beschwerdefrei wie das Fußballspielen am Nachmittag, heute wie jeden Samstag mit der alten Parktruppe und viel Geschrei. »Zarate«, hatten einige wieder hinter mir hergerufen, eine ironische Anfeuerung, dieses »eijeijei – Zarate!« Es bestand nicht die geringste Ähnlichkeit zwischen mir und diesem Zarate, einer noch dazu vor Urzeiten abgetretenen Topfigur im Fernsehsport, einer Zaubermaus mit luftballondick gebauschtem, argentinoschwarzem Pferdeschwanz. Nach dem Match hatte Rikki alle zu seiner Geburtstagsparty eingeladen, nächste Woche 39. »Wir spielen doch schon länger miteinander, als die meisten Beziehungen halten«, sagte er, »fast ein Jahrzehnt kicken wir hier schon zusammen.« Nach kurzem Nachrechnen waren mir drei weibliche Vornamen eingefallen, ja, für die Zeit mit dieser Truppe tatsächlich drei.

Die Frage, die Rikki am Ende der üblichen Geburtstagswitzeleien noch losgelassen hatte, mußte natürlich kommen: »Wie alt ist unser Zarate denn eigentlich?«

»49.«
»Jahre?«
»Jahrgang.«
»Ach du Scheiße«, hatte Rikki gesagt.

Auf den letzten Metern zum Zeitungscafé konnte ich mich gerade noch rechtzeitig abfangen vorm Fall in den Altmännertrab, der Gangart, bei der Schritt und Gedanke für Zehntelsekunden zu lange im Raum stehen. Nach wie vor glaubte ich an eine Theorie des Ganges, einer hilfreichen Berechnungsgröße, um die psychischen Voraussetzungen für mögliche Handlungen zu erkennen – die meiner Meinung nach weit fundiertere Methode als der Aberglaube an Glücksschals oder gleitende grüne Ampelschaltungen auf dem Weg zu komplizierten Rendezvous oder Terminen. Stichprobenartig wollte das jederzeit kontrolliert sein, die Präzision des Fußwurfs, die Trittfestigkeit und das Gleichmaß des Tempos – stimmte der Gang nicht, stimmte der Abend nicht. Die mentale Tagesform, auch die körperlich-sinnlichen Chancen eines nächtlichen Ausflugs, ließen sich von daher vorsichtig einschätzen – ein zweifellos nur bedingt ausreichender Indikator. Insbesondere dann, wenn einer seit sechs Monaten solo lebte. Seit sechseinhalb Monaten.

Ohne dieses lästige Kopfweh hätte ich mich natürlich viel wohler gefühlt! Der Druck unter der Schädeldecke wollte und wollte nicht nachlassen. Als würde jemand ein Gas in meine Stirnhöhle blasen, als läge eine total vermurkste Nacht mit Dutzenden verzweifelter Rechtfertigungsversuchen und hundert Zigaretten hinter mir. Dabei war ich gerade eben nach ruhigem Medienhalbschlaf aufgestanden – kein Anruf, keinerlei Aufregung und wieder mal »Bei den Candela Indianern« gesehen, ein Wanderfilm der Kulturkanäle. Diese Candelas oder vielleicht auch Canelas lebten irgendwo im brasilianischen Dschungel und absolvierten jeden Morgen ihren rituellen Klotzlauf – halbnackt mit zentnerschweren Palmenstücken auf dem Buckel, ab durch den Wald und huschhusch zurück ins Dorf. Die brauchten keine sechs Tassen Kaffee zum Frühstück. Ihre Klotzrunden liefen sie getrennt nach Geschlechtern, was den Film übersichtlicher machte. Am Ziel angekommen, warf so eine Canelafrau den Baumstrunk von der Schulter als wär's ein Baguette. Das war schon beeindruckend anzuschauen, auch bei der vierten Wiederholung.

Ich könnte öfter ins Kino gehen, mitreden wie früher.
Könnte statt Sakko mit Halbglatze 'ne ölbefleckte Jeansweste mit Baseballmütze tragen, falsch herum übergezogen, beide. Das ließ einen jünger aussehen als fünfzigsomething, aber auch blöder.
Oder eine Schlägerei mit drei Polizisten in der Paris-Bar veranstalten – wie der Kollege Thielsch, der wieder mal ganz obenauf an Krücken herumeierte. Und überall die altlinken Stories von Fascho-Bullen, Folterzellen und sechsstelligen Schadensersatzklagen auftischte wie einst im Mai.
Ich könnte ein paar Grünpflanzen für die Schreibtischecke kaufen, ein lang gewälzter Plan.

Kurz vor Erreichen des Cafés setzte dieses Stechen im rechten Oberarm wieder ein. Seit Wochen schmerzte die Schulter bei der geringsten Hebebewegung so, als stocherte jemand mit einem Fleischerhaken haltsuchend im

Muskelgewebe. Das Gefühl war dasselbe wie im Vorjahr auf der anderen Seite – monatelang unmöglich, ohne Verrenkungen und Gezupfe eine Jacke überzustreifen. Heben Sie den Arm bis zur Schmerzgrenze, sagte der Orthopäde damals. Und dann? Dann heben Sie den Arm wieder bis zur Schmerzgrenze. Und dann? Dann konnte ich mir die linke Rückenhälfte nie wieder waschen. Angewinkelt bis zur halben Höhe ließ sich der Arm störungsfrei heben, was zum Glück die Laufhaltung ermöglichte. Es gab einen genauen Begriff für diese Schäden im Schultergelenk. Dessen Benennung vermied ich nach wie vor – sogar im Denken.

Den rechten Arm wie normal in die Sakkotasche gehängt, nahm ich mit links drei Zeitungen aus dem Ständer und bestellte Kaffee und ein alkoholfreies Bier. Der Grund für die nüchterne Order ließ sich auch auf einen genauen Begriff bringen, und zwar einen mit fünf Buchstaben. Den Begriff galt es noch entschiedener zu vermeiden, weil jene ausbruchsbereit lauernde Krankheit meinem Gefühl nach nicht zu mir paßte. Ein schwerer Schlag, der Abschied vom Bier – für dieses anpassungsfähige, ja geniale Getränk gab es einfach keinen Ersatz. Die Nahrungsmittelchemiker auf Simulationssuche konnten einem nur leid tun, die Werbeleute sowieso. Warum fahren Sie ein Auto ohne Motor? Weil es ein Auto ist. Die ersten Schlucke aus der Flasche Falschbier lösten die gewohnten Unlustgefühle aus – die erste Zeitung zerstreute sie langsam. Doch hier am Fenstertisch, vor mir die Presse und das mit der hoffnungslosen optischen Täuschung gefüllte Glas, glaubte ich, eine halbwegs passable Figur abzugeben.

Die Leere des Lokals war belebend, der Kaffee hatte Leseschärfe in die Augen gezogen. Hier und da nippte ich am Fluß der Artikel, zerlegte sie in Puzzles, collagierte sie zu neuer Form, ein Härtetest. Ein Medienroutinier wußte in etwa, was ihn bei welchem Blatt, Autor und Thema erwartete. Und der wußte auch, daß es sich bei der Zeitungslektüre am späten Samstagabend um eine eher zweitrangige Beschäftigung handelte, um ein Ritual bestenfalls. Ob dieses Ritual nun aus Überschuß oder aus Mangel an Energie entstehen mochte, blieb letztlich unklar – Selbstbeherrschung erforderte es allemal. Jederzeit bestand Gefahr, beim Blättern die innere Balance zu verlieren und in ein internes Gezeter auszubrechen, was ruckzuck den kleinen Abend ins unleserliche Nichts versenken könnte. Durch die Wochenendbeilagen, den Rotlichtbezirken des Geistes, bekamen jedoch viele Dinge einen aufschiebenden, somit erleichternden Charakter. Mit ihrer Teillektüre ließ sich der Anschein von intellektueller Tätigkeit, von unermüdlicher, geistiger Arbeitsbereitschaft erwecken – nicht vor anderen, sondern in erster Linie vor sich selbst. Der kleine Schwindel beruhigte, so wie die zierlichen, schwarzweißen Zeichen ihre beruhigende Wirkung taten. Das Zeitungsstudium, spontan und einfach angegangen, war eine Aktivität, die mir einmal mehr gelang.

So verrann Zeit. Gelegentlich schaute ich zu den wenigen Gästen am Tresen, auch zur Bedienung, einer dunkelhaarigen, gut proportionierten Frau um die dreißig. Ihre enggewickelte, knöchellange Dienstschürze ließ hinten durch einen offenen Spalt freie Sicht auf die sommernackten Beine bis hoch zum Minirocksaum zu – ein überraschender Kontrast. Die kaum beschäftigte Kellnerin wirkte gelangweilt und dadurch wie privat. Ein häufigeres Hinsehen zu ihr, die armselige Marotte frei flottierender Männer, versagte ich mir – diese prämasturbatorischen Heuchlerblicke, meine Wohnung ist kalt, mein Kühlschrank leer, und wenn du willst, hör ich auf der Stelle mit dem Rauchen auf… nein, bloß nicht… bloß nicht den Eindruck aufkommen lassen, hier darbte ein zur Selbstaufgabe bereiter, sehnsüchtiger Samstagabend-Single vor sich hin. Zwischen den Zeilen hängend, hoffte ich dennoch auf ein unverbindliches Zeichen ihrer Anerkennung dafür, daß das Einzelgastdasein in dieser Hinsicht von mir nicht bis an die Toleranzgrenze ausgenutzt wurde.

Ein Single? Paßte dieses verheißungsvoll swingende Wörtchen noch zu meiner Situation? Wendete man den Ausdruck Single auf über Fünfzigjährige überhaupt an? Schlußendlich gab es auch vollendete Tatsachen. Über die letzte Aussage meiner letzten Freundin ließe sich selbst im nachhinein höchstens spekulieren – »Ich will keine Wochenend-Beziehung!« In vielen, vielen Samstagsabend-Diskussionen hatte sie das Verwerfliche an diesem komplexen Begriff erklärt. Nach und nach hatte ich ihre vielen, vielen Argumente verstanden. Und wollte am liebsten eine Wochenend-Beziehung.

Nur kein Lamento mehr, auf keinen Fall wieder das idiotische Beziehungskabarett im Kopf nachspielen! Ließe sich das Problem nicht einfachheitshalber mal reduzieren auf die Frage von Glück und Nichtglück? Wie bei diesem Spiel, das mich als Kind auf den ersten Jahrmärkten des Lebens am meisten fasziniert hatte – das japanische Fadenziehen. Immer wieder lockte es mich damals zu dem Pavillon, ran ans Holzgatter, hinter dem ein prächtig beladener Tisch stand. Jedes Ding darauf hing an einem Faden, der im undurchschaubaren Gewirr unter der Budendecke verschwand, um dann zusammen mit den anderen auf der Publikumsseite herunterzukommen. Nur wer den richtigen Faden aus dem dicken Bündel auswählte, zog etwas Süßes oder ein Spielzeug zu sich herüber. Wer nicht, der mußte wieder zahlen und durfte noch einmal ziehen, und noch einmal – für mich war das lange Zeit der Gipfel asiatischer Weisheit.

»Tut mir leid«, sagte ich beim Bezahlen. Die Kellnerin reagierte nicht auf diese Bemerkung – eine aus falscher Scham wegen der geringen Zeche hingeraunte Entschuldigung, die dazu selbstironisch auf die in früheren Zeiten verzehrten, größeren Mengen Alkohols anspielte. Ich ging auf die Toilette, sah im Spiegel mein verwohntes Gesicht und fragte mich, nach Hause – jetzt? Wieder eine laue Samstagnacht für immer weglesen, wieder mal als alter Grübelknabe unter der Bettdecke verdampfen? Dann vielleicht doch lieber in eine Bar, ungeachtet des soeben einsetzenden Magendrückens. Erneut malträtierten mich diese aus dem Nichts kommenden Verkrampfungen. Für Minuten zogen sie ein entfremdendes, wie betäubtes Unterleibsgefühl nach sich – der After selbst schien wie inwendig verkorkt. Eigentlich nichts Neues – diese Beschwerden tauchten seit zwei, drei Jahren bereits in unvorhersehbaren Abständen auf. Falsche Ernährung, Bewegungsmangel, Psyche? Meine Fragen richteten sich zur Zeit mehr an Ärzte als an Frauen. Erst kürzlich war ich wegen eines mit nächtlichem Knalleffekt einschlagenden Halswirbelschadens mit einem sympathischen Schönling auf dessen Pritsche gelandet, eng umschlungen im Nackengriff – chiropraktisch gesehen vergeblich. Der Hals ließ sich bis heute nicht wie gewünscht drehen.

Das Gehen in Richtung Bar war entspannend – auch das Gefühl der Verpfropfung im Dickdarmbereich wandelte sich in ein nur mehr trockenes Brennen. Für einen Praxisbesuch am Montag schienen die jüngsten Beschwerden noch nicht manifest genug, apparatemäßig kaum erfaßbar, eine Sache der bloßen Unterhaltung also. Aber mit wem? Allein an diesem Fußweg lagen die Praxen dreier Ärzte, mit denen zur Zeit lockere Gespräche liefen. Diese Termine ähnelten einem Zwei-Personen-Stegreifstück, einer theatralischen Variation über ein Stichwort aus dem Bereich Medizin. Nur Partner, die textmäßig auf der Höhe waren, bekamen die Chance weiterer Besuche. Und meine Auftritte? Immer den Pschyrembel unterm Arm, immer schwer bemüht, durch Kenntnisse und dialogreife Bonmots diesen Ärzten sprachlich aufzufallen – natürlich in der Hoffnung, so eine bessere Behandlung zu verdienen. Doch was bliebe noch zu erwarten von der in diesem Viertel praktizierten Schul- oder Alternativ-Medizin? Die boten eine zunehmend ungesunde Sphäre aus überfüllten Wartezimmern, nervtötendem Schnarchen in benachbarten Fango-Kabinen und dreisten Lügen für Kassenpatienten. Auch der aktuelle Internist, der Entdecker der Fünf-Buchstaben-Krankheit, hatte sich nach anständigem Beginn mit einer unverhüllten Drohung als fernsehreifer Blödmann entpuppt – »Nur das erste Bier schmeckt – das zweite lassen wir stehen!«

Die Entscheidung war leicht gefallen – klar, in die Hetero-Bar. Warum sich wehren gegen den nostalgischen Drang? Mir lag diese Bar. Wie eh und je changierte sie abseits vom verhaltensdiktatorischen Trend in der Gleitzone zwischen zeitloser Schlampigkeit und jederzeit möglicher Plötzlichkeit – ein Stück Wildwuchs in der Stadt, ein

Raum der zweiten Natur und daher besonders geeignet für Nachdenklichkeit. Erfrischt vom Fußweg, nur kurz verärgert von den im Handgelenk schwingenden Weißbierkeulen zweier Kerle neben mir, fühlte ich mich am Tresen dann auch so weit in Ordnung. Mimte wieder mal den Gastronomiekritiker, schaute auf die Dekoration, die in Grüppchen gehängten Schwarzweißfotos, die alten, an die Wände geklemmten Schreibtischlampen, das antiquierte Telefon. Dabei war's mehr als vertraut, das Sicheinlullen-Lassen von der Grundstimmung dieser american bar, einer Suggestion der beliebten Série-Noire-Atmosphäre in Form einer simulierten Büro-Kulisse. Sie zitierte jene Filme, in denen rätselhafte Chandler-Blondinen zu smarten Detektiven kommen und irgendeinen Stuß erzählen, der gefälligst Form annehmen soll, und zwar innerhalb von neunzig Minuten. Für einen Film, einen Flirt oder auch einen Baraufenthalt war diese Zeit das einmal gefundene, menschliche Maß und eben nicht nostalgisch, da es noch immer um die Auflösung am Schluß ging. Das gedämpfte Tuckern älterer Popmusik beruhigte. Als ambitionslos Schweigender hier die beste Stunde der Nacht durchstehen zu können, machte einen für Momente scheinbar souveräner.

Allein und unbeschäftigt in einer Bar genug vernünftige Gedanken aufzutreiben, war mit zunehmender Dauer noch nie einfach. Als ich gerade den Aufenthalt auf den Verzehr einer Flasche »Alkoholfreies« festgelegt hatte, traf mich aus der anderen Kurve des Tresens das kleine Lächeln einer jüngeren Frau, die, als wolle sie einen Irrtum ausschließen, sogleich ihre Brille aufsetzte und ihr von mir nur reflexhaft erwidertes Lächeln intensivierte. So etwas war ewig nicht passiert, eine Sensation – und so glaubwürdig, dieses bebrillte Nachschauen! Während ich noch an den möglichen Gründen herumdeutelte, drängte sie sich bereits an meine Seite, drückte völlig unerwartet ihre warme Stirn an meine und sagte: »Nicht traurig sein.«

Doppelt geschockt ging ich sofort auf Abstand. Mein Protest gegen diese Bemerkung fiel so entschieden aus, daß die junge Frau alle Zuversicht verlor und ebenfalls zurückwich. Mit einem wüsten Wortschwall wollte ich ihre Einschätzung wegreden, brachte aber außer Floskeln nur einen auffallend uninspirierten Satz über die Kleidsamkeit von Brillen zustande. Der Satz lag offenbar weit unter ihrer Erwartung – mit verständnisloser Miene kehrte sie zu ihrem Platz zurück.

Was bloß hatte mich ausgerechnet zu diesem Brillengefasel verleitet? Die Sorge um das Selbst, eine unbewußte Gebrechenskontrolle war es. Sie überlagerte inzwischen andere Wahrnehmungen. Denn aus dem dummen Gemurmel sprach nichts anderes als eine verdrängte Tatsache – ich selbst brauchte nämlich eine Brille, eigentlich sogar zwei. Seit Jahresfrist lag das entsprechende Rezept irgendwo im Schreibtisch, ohne eingelöst zu werden. Jetzt mußte ein Alsterwasser her, ein gerade noch tolerabler Rückfall für Abstinente.

Wo war die alte, vitale Fähigkeit, solche Momente richtig einzuschätzen? Wo hakte es bei der Schlagfertigkeit, der nötigen Kühle für ein Spiel? Das Leben legte einem nach wie vor Fäden in die Hand – wenn jedoch der Zugriff im einzig möglichen Augenblick mißlang, verwandelte sich manch hoffnungsvoller Zwirn unversehens in einen Lederriemen der Selbstkasteiung. Seit einer Weile litt ich unter einer Art Jetlag, einem Umstellungsproblem zwischen

Heim-Zeit und Außen-Zeit. Bestimmte Situationen hätte ich gern noch einmal auf den Anfang gebracht, ihren Verlauf korrigiert, nachträglich nur ein wenig ausgebessert: Also du kommst jetzt wie gehabt vorbei, beugst dich wieder zu mir, sagst dasselbe wie vorhin, und ich werde diesmal etwas ganz anderes antworten und dann... Ein roter, über den Köpfen der Weißbierkeulenkerle leer in der Luft stehender Damenschuh lenkte von diesen Überlegungen ab. Eine neu eingetroffene Frau präsentierte den Pumps wie einen Gewinn im Raum. Ich schaute kurz zu ihr herüber, eher mißbilligend gemeint und ohne Willen zum Blickkontakt.

»Hab ich einen Brand«, sagte die Schuhhalterin, nachdem sie mein rasch weggegriffenes Alsterwasser intus hatte. Sie quetschte sich vollends in meine Verfügungslücke am Tresen und bot an, pro Person ein Bein auf den Hocker zu legen.

Was für ein Abend, dachte ich, diese Lippen, die braune Haut, die tiefschwarzen Haare – indianisch sah die Frau aus, tatsächlich, wie eine Canela vorhin im TV, beim samstäglichen Klotzlauf.
»Mittags Türkenmarkt, danach Opernfest, dann beim Italiener und jetzt diese süße kleine Bar«, sagte sie und bestellte Bier und »ein neues Alsterwasser für den Herrn«.

»Volles Programm«, sagte ich und stellte mir sogleich unternehmungslustig herumziehende Wochenend-Massen vor – mit einigem Unbehagen. Andererseits lagen mir Frauen, die etwas trinken. Das konnte ein Gefühl für die traditionelle Steigerungs-Dramaturgie andeuten. Störend nur, nach zwei, drei Sätzen davon überzeugt zu sein, bereits zu viel über diese Zufallsbekanntschaft zu wissen. Ich schätzte sie auf Mitte, Ende Dreißig – der Klopfprozeß des Lebens hatte ihre Gesichtszüge schon leicht gehärtet. Aber im Moment machte sie mehr oder weniger alles richtig.

»Und so viele tolle Männer gesehen«, sagte sie – »aber davon hat man ja nichts.«
Ich nickte. »Allzuviel nicht. Vielleicht ein bißchen was.«

Sie erzählte ausführlicher vom Tage, ohne daß mir das Gesagte auch nur einen Deut besser gefiel. Zugleich wurde es zunehmend schwieriger, an ihrem sich aus dem Dekolleté herauswölbenden Busen vorbeizuschauen. Sechs Monate, dachte ich, sechseinhalb verdammt lange Monate. Aber deshalb bekäme unsereins das Hemd kaum schneller über den Kopf.

»Heut flirt ich auf Teufel komm raus«, sagte die Canela.

Eine kokette Ankündigung, wie ich fand, völlig frei von Esprit, eine im Grunde reservierte Äußerung und nicht nach meinem Geschmack. Mit diesem Spruch konnte jeder Mann, der gerade nicht hundertprozentig bei Trost war, in einen nächtelangen Tunnel gejagt werden, an dessen Ende eine Sinnestäuschung aufleuchtete. Das kannte ich gut, das Rätseln über das Zustandekommen solcher Phantasmen.

»Wir wissen doch, was läuft«, sagte sie.
»Im Prinzip ja.«
»Wir sind doch dieselbe Generation«, sagte sie.

Vorsicht mit aufbauenden Komplimenten, dachte ich, als wir uns in einem Ratespielchen Vornamen zuordneten und wieder verwarfen – ganz lustig. Wenn Barbara-Renate in der nächsten Viertelstunde nicht nach meinem Sternzeichen fragen sollte, würde ich eventuell ein Bier trinken, ein kleines Bier. Die liebe Frau aus der Kurve gegenüber lächelte nicht mehr herüber.

»Du bist jedenfalls ein richtiger Mann«, sagte Barbara-Renate, ohne erkennbaren Anflug von Ironie.

Vielleicht ist sie doch schon über Vierzig, dachte ich und sagte, »Das nützt mir im Moment wenig.«

Mir war unklar, ob die Andeutung von Selbstzweifeln, ein alter und mittlerweile womöglich riskanter Trick, das Gespräch begünstigen würde. Angespannt vom Doppelschlag der Annäherung innerhalb von Minuten mußte ich mich dringend neu positionieren – das Achillesbein umstellen, den rechten Arm unauffällig in eine schonendere Haltung bringen. Sie trank schon wieder ein Bier.

»Einer mit 'nem richtigen Adamsapfel«, sagte sie und tippte kurz mit dem Zeigefinger an meinen Kehlkopf.
Im selben Moment rutschte ich vom Hocker, ein Schmerzblitz zuckte von der Kalkschulter durch die rechte Körperhälfte. Der Einschlag führte zu einigen Trippelschritten auf der Stelle.
»Schöne Hände, gute Zähne und einen richtigen Adamsapfel«, sagte sie, »mehr braucht ein Mann nicht.«
Die Hand noch am Kehlkopf, stöhnte ich einen Atemzug hörbar heraus.

»Genug Gleitmasse im Sehnen- und Gelenkbereich braucht er auch, dazu einen konstant unter 6,5 Milligramm pro Deziliter liegenden Harnsäurespiegel, ein paar Kenntnisse über Lacan und Judith Butler, oder Freunde mit solchen Kenntnissen, die richtige Einstellung zum Nahost-Konflikt, zur Rechtschreibreform, zur Lohnnebenkostendiskussion braucht er, und auch das Wissen, wie ein Kühlschrank funktioniert...«
»Genau«, unterbrach sie kalt, »das alles erkenne ich am Adamsapfel.«

Ich war zu weit gegangen, klar. Und durfte es wieder einmal auskosten, dies lang vermißte Gefühl, mit einem weiblichen Wesen intensiv aneinander vorbeireden zu dürfen. Ich schluckte in den trockenen Hals und sah, wie die liebe Frau in der Kurve drüben sich in die Jacke helfen ließ und ging – allein.

»Aber die Typen«, sagte Barbara-Renate, »die immer alles hinterfragen müssen, die mag ich nicht.«

Sie hatte mich abgeschmeckt, fertig. Als Urteilsspruch reichte ihr diese repertoirehafte Ablehnungsformel aus dem Handbuch der erotischen Laufkundschaft – nicht mehr als ein Standardsatz von Denkfaulen. Ich versuchte, mich aufrecht hinzustellen, sackte aber wieder in eine leicht eingeknickte, wie nach einem noch unbegriffenen Bauchschuß verharrende Körperhaltung. Tatsächlich begann der Magen erneut zu rebellieren – ein lästiges, präzise treffendes Stechen, als würde ich hier im Lokal mit winzigen Nadeln gerade hinten unten genäht, ohne Betäubung. Barbara-Renate beobachtete die Operation.
»Du bist doch verklemmt,« sagte sie und wendete sich ab.

Dann stand ich neben der sitzenden Frau. Mit theatralischer Geste umfaßte ich ihren Nacken, brachte den Kopf in eine aufschauende Haltung und drehte mit fester Hand ihr Gesicht zu meinem. Barbara-Renate ließ sich mit gedehntem Oberkörper widerstandslos in den Griff hineinfallen, als hätten wir die Szene verabredet. Ich wollte das so weit treiben, bis wir beide nicht mehr wüßten, ob es aus Ironie oder in vollem Ernst geschah. Wortlos hielt ich den Griff und sie die Pose für einige Augenblicke durch – so lange wir es eben in einer Bar als passend empfanden. Danach lächelten wir uns an wie zufällige Tresennachbarn. Es war ein Gespräch – nicht wahr?

Draußen zeigte eine Uhr zehn nach zwei. Ein vollbesetztes Auto schnibbelte einen scharfen Samstagnacht-U-Turn in den Verkehr – mit weit heraushängender Musikfahne. In dieser Minute verschwand der Abend, die ganze Woche, ein halbes Leben. Bis zu meiner Wohnung waren es nur wenige Schritte. Gleich würde ich mich in die Küche setzen und noch eine Patience legen, mindestens eine.

german writing

Eine Frau rief an und wollte einen Beitrag für ein Gourmet-Magazin. Ein beliebiges Thema, ganz frei nach Ihrer Wahl, sagte sie, für unsere Artikelfolge – ham' Se nicht 'ne Beziehung zum Essen? Irgendwie schon, sagte ich. Das läuft bei uns im Kulturteil unter dem Titel »Der Essay«, erklärte sie. Das von ihr in Aussicht gestellte Honorar verlieh dem Begriff Essay eine völlig neue Bedeutung, einen geradezu unanständigen Glanz – diese fünf Riesen erstickten jeden Lachreiz auf der Stelle. Weil ich für Momente mit der Zusage zögerte, nannte sie die Namen von Autoren, die bereits etwas geliefert hätten, bekannte Namen. Sie können natürlich machen, was Sie wollen, sagte die Frau noch – mein Kontoauszug von gestern sagte eher das Gegenteil. Einem austrainierten Konsumverzichtler kam diese Anfrage vor wie eine Einladung zur Konspiration aus Feindesmund.

Wo also lägen die kulinarischen Höhepunkte meines bisherigen Lebens? Etwa in der braven nordwestdeutschen Erinnerungslinie Labskaus, Mockturtle und Himmel und Erde? Vielleicht in weiter Ferne wie diese unvergeßliche Honigorgie auf Jamaika? Oder im neunfach sortierten Haschischfrühstück mit meinem – logischerweise vorübergehenden – Beduinenfreund Machmoud? Jeden Morgen schnitt er für uns frische Häppchen zurecht, ein bunt bestücktes Brettchen, damals in Amsterdam. Vermutlich ginge das die Leser einer heutigen Feinschmecker-Postille zu wenig an. Nach tagelangen Überlegungen teilte ich der

Redakteurin meine Themenwahl mit: Hummer. Hummer? Diesmal zögerte sie mit der Antwort und reagierte leicht entsetzt, als sei die Gourmet-Kritiker-Hierarchie verletzt.
Wohl doch keine dieser Stories, in der irgendein Verrückter 'nen Hummer mit dem Wagenheber öffnen will oder das Fleisch schwarz färbt?
Neinnein, nicht so was Dekadentes, sagte ich, lassen Sie sich überraschen.

Beginnen sollte diese Lektion auf der Jahresparty eines Unternehmer-Ehepaares, wo ich partout nicht hingehörte – auf der vielgelesenen, hölzernen Tafel mit den als »Anwesend« gesteckten Namen der Gäste fehlte meiner. Den Ablauf vom Stehkonvent übers Dinner bis hin zur Eröffnung des Tanzvergnügens signalisierte der Hausherr mit exakten Handgesten – ein feines, von allen akzeptiertes Ordnungsprinzip, mit dem er das partyimmanente Chaos zeitlich möglichst weit hinauszuschieben suchte. Auch aus Selbstschutz, wie sich später zeigte, als er bäuchlings zu Füßen der farbigen Sängerin des Abends lag und ihre Darbietung mit den Gesten eines taktlosen, aber zustimmenden Dirigenten begleitete.
Geraume Zeit bemühte ich mich um eine vertretbare Form der Annäherung an eine läuferisch aktive und von mehreren Männern begleitete Frau – vergeblich zunächst, selbst im Chaos gelang nicht immer alles. Doch während des langgezogenen Finales der Party tanzte diese Frau mit animierenden Schwüngen auf mich zu und raunte, bereits im Mantel, *dance, dance, dance*. Jeder auf dem Fest kannte sie – die schöne Florentine, ein Wesen von einem anderen Stern, so großartig, verlockend und konkurrenzlos wie

die Illustrierte, bei der sie arbeitete. Florentine galt als halbwegs exzentrisch, was sie aufs neue bestätigte, indem sie vor aller Augen mit einem auf der Namenstafel nichtgesteckten Gast ein paar Songs verswingte und bald fröhlich winkend bei ihm untergehakt das Haus verließ. Draußen steuerte sie eine unter Bäumen weltvergessen stehende Telefonzelle so zielstrebig an, daß ich mich gegen das Betreten sträubte, Spontanität hatte bei mir Grenzen. Kommkomm, ganz kurz nur, sagte sie und zog mich am Arm hinein. In der engen Zelle kamen wir uns wie von selbst näher, es roch nach mehr. Ohne meine Hüfte loszulassen, beugte sich Florentine hinunter zu den Telefonbüchern, begann darin zu blättern und setzte bald den Zeigefinger auf ihre Nummer – da, sagte sie, merk's dir.

Dann strich ich den Anfang.

Wann wollte ich – bei nur drei verabredeten Essayseiten – zum Essen kommen? Ein leicht wiedererkennbarer Mundraub bei Buñuels diskretem Charme ginge im Prinzip noch an, die zarte Kriechspur trivialer Klassenkritik schon weniger. Und solche ranschmeißerischen Bolzen wie »es roch nach mehr« lasen sich schlicht unmöglich, eine Geschmacksverirrung. Stimmiger herausgeholt, wäre die Telefonzellen-Szene durchaus kommerziell verwertbar, aber ohne weiteres auch anderswo einzusetzen, am besten natürlich branchennäher. Vielleicht im unbewußten, instinktiven Hinblick auf eventuelle Sehnsuchtsoptionen meiner Auftraggeberin hielt ich dagegen an der Figur der schönen Illustriertenreporterin fest. Für einen Neubeginn jedoch müßten die grundsätzlichen Widerstände überwunden werden.

Weil sie nicht verstand, daß einer ihrer beiden Söhne jede Menge Haschisch rauchte, der andere dagegen nicht, lud mich Frau Henschel zu einem festlichen Essen ein. Eine große Illustrierte hatte mich im Zusammenhang mit dem Unglückstod eines bekannten Filmregisseurs fälschlicherweise als Drogenkenner bezeichnet, solche Dinge haben Folgen. Frau Henschel, eine Fabrikantin (*ein soziohistorisch versunkenes Wort*), sorgte sich glaubhaft um die Fortführung ihrer Firma durch einen der halbwüchsigen Söhne. Um eine zufriedenstellende Erklärung zu finden, sagte ich, müßte ich mir die beiden Jungs zunächst mal anschauen. Sie schlug vor, mit dem Raucher im Dachgeschoß zu beginnen – ein Prachtkerl mit Schlagzeug, erfrischend feindselig. Auf die Fensterbank gelehnt, schauten wir auf die Terrasse mit den tafelnden Gästen, die er überhaupt nicht sympathisch fand – mit einer Ausnahme, einer schlanken, rotblonden Mittdreißigerin. Diese Frau ließ durch ihre bloße Anwesenheit jede Situation dort unten sofort angenehmer aussehen. Das ist Florentine, sagte der Junge.

Dieser Anfang kam mir irgendwie bekannt vor. Hatte ich ihn bereits bei anderer Gelegenheit verwendet? Ähnlich dem ersten Versuch, präzisierte er eine Begebenheit aus dem gleichen sozialen Zusammenhang. Erneut wurden Gegensätze auf engstem Raum konstruiert, das subversive Getue wirkte geradezu lächerlich, altbacken. Wieder diese blödsinnige Umständlichkeit! Der Auftrag ausgerechnet dieses Magazins brachte mich offensichtlich in schwere Konflikte. Mein moralischer Rigorismus stand gegen den Zwang, überleben zu müssen, verkürzt und unpathetisch gesagt. Wie ließ sich dieser eklige Widerspruch lösen? Etwa mit Bartleby, dem Schreiber, und seinem »I would prefer not to...«? Oder doch mit einem feingesponnenen, das eigene Gewissen schonenden Schwindel? Das Blatt schrieb schwarze Zahlen und war kein für Experimente offenes Abschreibungs-Projekt. Hier agierten die Hardliner des feinen Geschmacks. Wenn mir also nichts Raffinierteres einfiele, sollte ich diesen Gourmets gegenüber besser schweigen. Oder mußte ein bedauerlich schmal alimentierter Mann in diesem Fall einen Text schreiben, den er selbst nicht unbedingt mochte?

Um die Dramatik aus der Aufgabe herauszunehmen, verlegte ich mich in den nächsten Tagen auf den Besuch von Bibliotheken. Es war überwältigend, wie immer.

Eigentlich begann die Geschichte in dem Augenblick, als Florentine auf dieser Party erschien – eine sogleich umschwärmte, schöne Frau, ein Wesen von einem anderen Stern, so großartig, verlockend und konkurrenzlos wie die Illustrierte, bei der sie arbeitete. Florentine besaß jene Ausstrahlung von Glück und Energie, die andere Menschen in ihrer Gegenwart ein wenig unscheinbarer aussehen ließ, wie leicht betäubt vom Flair einer Weltfrau. Sie tanzte die halbe Nacht lang – ich stand mit Begeisterung daneben. Aus mehreren Beweggründen sah ich in ihr eine neue Geliebte (*ein scharfes Wort*), ich sah mich bereits da und dort und sonstwo mit ihr. Florentine sah das auch so, in etwa, und rief zwei Tage später an: Willst du heute abend zu mir kommen? Wollte ich. Aber es käme noch jemand, Uwe, ein Freund. Ach, sagte ich. Ja, der möchte etwas zu essen machen, ganz spontan, und zwar Hummer, Hummer américaine.

Verbarg sich hinter dieser Einladung vielleicht ein besonders liebes Arrangement? So kurz nach unserem Kennenlernen? Mit solch einem Angebot hätte ich so schnell nicht dienen können. Meine neue Einbauküche war zwar große Klasse, doch es kamen immer wieder dieselben kleinen Sachen heraus. Ob sich Florentine für meine Neunzehn-Bohnensuppe, die schlecht geschminkten spaghetti alla putaneska oder mein geriatrisches Gulasch (*Originalrezept eines Hamburger Altenheims*) begeistern könnte? Nach einem ausgeklügelten, edekagestützten Rotationsprinzip tauchten bei mir seit Jahren ungefähr elf Gerichte zum Essen auf, ein grundehrlicher, doch gänzlich hummerloser Speiseplan.

Und was überhaupt bedeutete dies irritierende »américaine«? Die Amis galten doch als völlig ahnungslos in kulinarischer Hinsicht. Würden wir nachher einen halbrohen MacHummer auf den Knien vorm Fernseher aus der Folie zupfen? O nein, hatte Florentine gesagt, das ist eine der tollsten Sachen, die man machen kann. Uwe sei schon den ganzen Tag wegen der Zutaten unterwegs – also bis glah-heich.

Paradiesische Aussichten – Florentine erwartete mich, und dazu höhere Küche. Was für eine Überraschung, an einem gewöhnlichen Arbeitstag! Bloß keine Skrupel jetzt wegen der weltlichen Nachrichtenlage und anderer, moralischer Eßbremsen – weg mit dieser lästigen Angewohnheit, sich ständig selbst zu rechtfertigen. War denn nicht grundsätzlich in jedem von uns ein Feinschmecker angelegt, von Kindheit an? Die Weinbergschnecken, mit meinem Vater im Morgentau vom Waldboden geklaubt, würd' ich doch nie vergessen – Schnecken schreien, wenn sie sterben. Mit kindlicher Mordlust warf ich sie damals ins kochende Wasser, plock, Schrei, plock, Schrei, plock, Schrei.

Mit weicher Hand zog mich Florentine durch ihre ausgedehnte Wohnlandschaft, an deren feuchtwarmem Ende Freund Uwe auf dem Boden hockte – ein Plattenproduzent (*ein Wort wie Hawaii-Toast*), ein Mann von platinierter Selbstsicherheit mit Halbglatze und Zöpfchen. Freund Uwe führte die Tiere einzeln vor, als hätte er sie in dieser ausbruchssicheren Badewanne gezüchtet und dressiert. Wir haben sie auch schon getauft, mit etwas Schampus, sagte Florentine beflissen albern – Anton, Alex und Alvarez. Das tröstete doch angesichts des unausweichlich bevorstehenden, barbarischen Aktes. Aber wer würde die Viecher killen? Und wie? Machen wir es frei nach Woody Allen oder machen wir es wie Arnold Schwarzenegger? Um mich aus der Schußlinie zu nehmen, erzählte ich die Story dreier Freunde, die auf ihrem Bauernhof ein lebendes Huhn lieber tot sehen wollten, drei robuste Kerle. Sie warfen Münzen, knobelten mit Streichhölzern, hungerten drei Ferientage als langsam verzweifelnde Henker-Findekommission. Zigmal lag das Huhn flatternd auf dem Holzbock, zigmal reckte einer das Beil in die Luft, und nix passierte.

Der Hummer, sagte Uwe, ist der Kardinal der Meere.

Ein besonders schiefer Vergleich von Herrn Bocuse, sagte ich und löste ein erstes Abtasten der Wissensstände aus – ein Aasfresser ist der Hummer, ein Kannibale und Angsthase, der Wasserfloh der Fischsaurierzeit. Und was sollten eigentlich diese drei Taufnamen bedeuten? Wart's ab, sagte Florentine.

Ans Essen war überhaupt nicht zu denken. Eine zermürbend lange Prozedur setzte ein, drei Herdplatten angeworfen, drei Tischflächen beladen, etliche koordinierte Arbeitsgänge absolviert, als gälte es, die gesamte Kochkultur des Abendlandes vorzuführen. Wir mußten schälen, schnitzen, häuten – für Fischfond, Fleischglacé, Kräuter- und Gemüsesud aus dreißig, vierzig und mehr Zutaten vom Knollensellerie übers Petersilienhaché zu den Schalotten, den seltenen grauen selbstverständlich. Eine Art Extrem-Long-Dinner, etwas für Aufschubfetischisten – da mußten wir durch. Unter bestimmten Aspekten, dachte ich, wäre an so einem Abend gegen die schnelle, amerikanische Küche auch wieder nichts einzuwenden...
In den Arbeitspausen reichte unser Smutje (*ein süßes, hier unpassendes Wort*) extradünne Gourmet-Joints herum; die einzige, wie er meinte, persönliche Ergänzung zu den überlieferten Kochanweisungen. Der Mann dachte an alles – und solange es nicht von radioaktiv verseuchten Feldern stammte, gab's gegen Haschisch bei Tisch auch wenig einzuwenden. Nur bekamen meine Gedanken nach diesem Rauchgenuß einen etwas einseitigen, wenn nicht hartnäckigen Zug, der ohne weiteres von noch so sinnlich beladenen Tellern und Töpfen wegführen konnte. Anstatt jedoch meiner Sogutwie-Geliebten durchs lange, brünette Haar zu fahren, häckselte ich weiter Möhrchen haarfein zu kleinen, rötlichen Hügeln, sexy Pyramidchen.

Das Fleisch der drei Tiere löste sich nach und nach in der sämigen Topfmasse auf, nichts Sichtbares von ihnen blieb.

Wiederholt starrte ich auf die psychedelisch zuckenden Bläschen im rosigen Brei – einen Tick zu lange, ohne präzise Gedanken. Uwe dirigierte sein Kochkunstwerk in die nächste Phase: Jetzt bitte das vorhin in Wein eingelegte Estragon hineingeben! Ob meine Geschmacksnerven die Nuance zwischen diesem »vorhin« und dem »jetzt« irgendwann »später« herausspüren würden? Es handelte sich bestimmt um einen begründeten Zeittakt. Mein Hauptgewürz ist leider Salz, Salz, und noch mal Salz, sagte ich – trotz der Lektüre mehrerer, vor Tränensackbildung warnender Model-Autobiographien. Ich würde – wie die Zombies – erst durch Salz richtig lebendig. Mit einer baldigen Essens-Ausgabe war hier jedoch nach wie vor nicht zu rechnen. Da hatte sich ein längst Verblichener einmal ein wirklich raffiniertes Rezept ausgedacht. Und es – aus welchem Grund überhaupt, wie Florentine wissen wollte – Hummer américaine genannt.

Aus reiner Ironie, aus Häme, sagte Uwe – ein Mythos, eine Phantasie, sagte ich.
Erzähl schon, sagte Florentine.
Ich nickte unserem Chefkoch zu, eine nur faire Geste – bitte, bitte.

Eine einfache Geschichte, sagte Uwe und sog genießerisch den Dunst durch die Nase – im letzten Jahrhundert erfuhren die Franzosen, was die Amerikaner mit ihren Lobstern machten, nicht viel nämlich, sie frisch vom Fang ins heiße Wasser werfen, aufknacken und wegessen. Diese Primitivität ließ den Parisern natürlich keine Ruhe. Die komplizierteste, kultivierteste Komposition der Kochkunst aller Zeiten war die Antwort, das feinste Rezept, das man sich für empfindsame Gaumen ausdenken konnte, eine Botschaft aus dem Paradies der Zivilisation in die transatlantische Wildnis. Und deshalb nannten sie das Gericht homard à l'américaine.

Ironie zwischen großen Völkern war zwar beruhigend, machte aber sonst niemanden satt. Nach drei Stunden saß ich mit pelzigen Fingerkuppen da und verfluchte den französischen Witz. Diese ausgiebig zelebrierte Könnerschaft machte einen Ahnungslosen doch zusehends zum Banausen beim Spektakel der Verfeinerung, zum Grobmenschen mit ausgelöschten Distinktionsfähigkeiten – mir wuchsen messerscharfe, alle Leitungen kappende Scherenhände, plopp, Wasser weg, plopp, Gas weg, plopp, Strom weg.

Und nun langsam zusammenköcheln in weißem Burgunder, Jahrgang 28, wie vorgeschrieben – Uwe hielt den aristokratischen Kurs, mit eingebauten Hungerschleifen. Auf den Appetit warten können, einst das Hauptproblem der höheren Stände... warten können, nur warten... Florentine. Wenn sich nachher die Nebel des Differenzierungseifers wieder lichteten, wenn erst der Eiweißrausch die Kraft zur wahren Empfindung auslöste, dann ließe sich die Geschichte immer noch auf den Punkt bringen. Aber inszenierte dieser Uwe seine große Tischoper in der Absicht, Florentine und mich in eine speziell lebhafte Stimmung zu versetzen?

Anton, Alex und Alvarez starben für die Musik.

Florentine tätschelte den Herdkünstler, ich schluckte verlegen diesen und jenen Gewissensbiß herunter. Das Unzeitgemäße ist schließlich das einzige, was schlimme Zeiten erträglich macht, sagte Uwe noch vorm ersten

Kosten – ein unschlagbarer, ja, ein Jahrhundertsatz. Das vollendete Mahl gab dem Mann auf ewig recht, aller Geschmack der Welt in einem einzigen Topf, eine Ursuppe. Dieser Hummer américaine setzte auf unerwartete Weise die bekannte Realität außer Kraft. Das Essen war wunderbar, zum Fingerlecken gut. Es schmeckte überhaupt nicht nach Salz! Und es war unendlich viel mehr wert als dieser PR-Artikel, den Florentine über Uwes neuestes Pop-Trio schreiben sollte. Das dachte Uwe allerdings auch. Er sah aus mehreren Beweggründen das Ende des Abends ganz anders als ich, und so wie er sah Florentine das auch, in etwa. Wir beide dagegen hatten uns während der langen Garzeit auseinandergelebt. Ein schmales Küßchen noch – Adieu, my friend, und die Tür schnappte ein. Dieser Uwe hatte mich einfach rausgekocht.

Der große, zweibändige Cournonsky führt an die sechzig Arten der Zubereitung dieses Speisekrebses auf, darunter »homard chez lui« und »à la diable« sowie »Die schwimmenden Fräuleins von Cherbourg«, ein interessantes Rezept. Ein anderer Pariser Bauchschmeichler, der legendäre Ali Babinski, tischte 18hundertsoundso eine von Uwes Version stark abweichende Geschichte des Hummers à l'américaine auf. Ihm zufolge bedeutete die so benannte Herangehensweise, das schöne Tier lebend aufzuschlagen, die Weichsubstanzen zu zerstoßen, und seinen Saft, sein Blut, frisch aus der Kruste fließen zu lassen.

Auf seinem Panzer befindet sich übrigens häufig ein grauweißer, krakelig aufgeworfener Belag. Das dort entstehende Zeichenmuster nennen die irischen Fischer wegen seiner Ähnlichkeit mit der alten, gotischen Schrift »*ger-*

man writing«. In Wahrheit handelt es sich dabei um einen Parasitenbefall, und zwar um die Seepocken. Auch der vielgerühmte, gewöhnlich den Landesbedarf deckende Helgoland-Hummer trug diesen Bewuchs auf der Schale – jedoch nur bis zum Ende der dreißiger Jahre. Dann hatten die allzusehr auf seinen Geschmack versessenen Staatsführer des Dritten Reiches die Fänge bis zur Ausrottung gesteigert und somit die für alle Zeiten letzten freischwimmenden deutschen Hummer verzehrt.

Wenige Wochen nach unserem Abendessen schrieb Florentine in ihrer Illustrierten einen dollen Artikel über Uwes neues Pop-Trio und machte die Premiere zum großen Ereignis. Dreitausend Leute kamen in die Halle und pfiffen die mir von den Vornamen her bereits bekannte Band ganz klein und weg. Trotz aller Anstrengungen ihres Produzenten hatten sich die Musen diesmal nicht bestechen lassen. Aber – und da lecke ich mir auch lange danach noch die Mundwinkel – Anton, Alex und Alvarez, ihr drei seid auf keinen Fall umsonst gestorben.

Der Frau vom Gourmet-Magazin gefiel das Stückchen sehr gut. Den Satz, sie hatten sich während der langen Garzeit auseinandergelebt, fand sie besonders schön. Sie bat lediglich darum, die wenigen Zeilen über Helgoland noch mal zu überdenken – eine Kleinigkeit nur, sagte sie, wir sprechen so etwas mit den betroffenen Autoren immer durch. Den nun bei mir eingehenden Telefonanrufen zufolge hatte sie bereits woanders beschäftigten Kolleginnen von der schönen Florentine und den zwei Männern beim Essen erzählt. Die von diesen Frauen vertretenen Zeitschriften und Magazine waren mir zumeist unbekannt, die ersten Worte der jeweiligen Anfangsfrage aber bald nicht mehr – Haben Sie 'ne Beziehung zum Strand, zum Meer, zur Altstadt von Brügge, ham Se nich 'ne Beziehung zu Schreibtischen, zur Nostalgie, und vielleicht auch eine zu Ingmar Bergman und seiner Welt?

Die Herren von der Chefredaktion hatten das Stückchen genauer gelesen. Sie mochten sich nicht völlig aufs Überblättertwerden verlassen und strichen drei Passagen. Trotz des aus der Sicht von Feinschmeckern eher versöhnlichen Abschlusses des Dinners, trotz aller, der handelnden Gourmet-Figur erzählerisch gewährten Gunst, beunruhigte sie offenbar ein der Geschichte innewohnendes, auf schwer faßbare Weise ihren Interessen entgegensteuerndes Moment. Diese Leute mußte da instinktiv etwas gestört haben. Um eventuell ähnliche Empfindungen bei der Leserschaft zu mildern und den Gesamteindruck im nachhinein zumindest abzuschwächen, fügten sie der Arbeit am Ende eine distanzierende, editorische Notiz hinzu.

»Der Autor unseres heutigen Essays bevorzugt normalerweise die einfache Küche.«

Geboren dannunddann, daundda

Zu allen Zeiten haben die Geburtsorte anderer bei mir besondere Vorstellungen ausgelöst, manchmal gar neidvolle Phantasien – ein romantisches Spielchen, ein Rumtreiber-Syndrom vielleicht. Nicht die in weiter Ferne oder gerühmter Weltgegend verlockenden Orte, sondern Geburtsstädte wie Wetzlar oder Schleswig können mich momentelang zu Träumereien verführen – sei es durch den bloßen Wortklang, die flüchtige Kenntnis oder die Erinnerung an jemanden von dort. Selbst die Benennung von Hinterzarten oder Heiligenbeil weckt bei mir schlummernde Genrebilder. Ich beurteile – hoffentlich – niemanden danach, leite aber doch eine winzige Spur im Wesen einer Person von ihrem Herkunftsort ab, als hätte es zwangsläufig Bedeutung.

Dabei sollte ich es besser wissen. Ich bin in Erfurt geboren, Erfurt in Thüringen. Abgesehen von allgemeinen Informationen ist mir diese Stadt bis heute vollkommen unbekannt geblieben.

Weitere Einzelheiten erfuhr ich kürzlich auf einer Party in Berlin. Eine soeben kennengelernte Frau aus dem Ostteil der Stadt wollte von mir wissen, ob eine gute Party grundsätzlich die sei, auf der ich eine Frau kennenlernen würde, als sich eine weitere Frau zu uns stellte, die ich aufgrund eines kurzen, inneren Impulses tatsächlich kennenlernen wollte. Sie hieß Gabriele. Wir standen am Buffet, machten einige dialektfreie Bemerkungen, und ich fragte, woher sie denn ursprünglich stamme. Aus Erfurt, sagte Gabriele.

Was für ein Zufall, antwortete ich und riß mit theatralisch übertriebener Begeisterung die Arme hoch: Ich komme auch aus Erfurt!

Auf der anderen Seite des Buffets unterbrach ein Mann seine Häppchensuche, erinnerte mich per herübergereichter Hand an unsere flüchtige Bekanntschaft und sagte, schreib mir das auf, ich sammle gerade Erfurt-Texte.
Ja was denn, antwortete ich, den Boden dieser Stadt habe ich nie betreten.
Eine schöne Stadt, sagte Gabriele, sehr alt, viel Barock, mein Lieblingswurstmaxe stand immer am Hauptbahnhof.
Ein paar Monate lang hab ich dort im Körbchen gelegen, erklärte ich, auf der Flucht nach 'em Krieg in der Stadt geboren, und dann ging's weiter zur nächsten Station.
Der Bekannte nickte mir aufmunternd zu und streckte zwei Finger übers Buffet – okay, zwei Seiten, mach mir zwei Seiten daraus.

In der Summe aneinandergereiht ergäbe allein das bis heute von mir geschriebene Wort »Erfurt« bestimmt mehr als zwanzig Seiten. Ohne klare Vorstellung seiner Bedeutung, ohne irgendein Bild vor Augen zu haben, malte ich es lebenslang hin, füllte es in dafür vorgesehene Freiräume, tippte es einfach ein – Erfurt, Erfurt, Erfurt. Wie eine Selbstverständlichkeit nannte ich den Stadtnamen in Büros und vor Schaltern, schnurrte mit krauser Stirn mein »Erfurt« in Bars und Betten, setzte das Wort auf unzählige Formulare, Anträge und Meldebögen, schrieb es in braunschweigische Klassenbücher, hannoversche Wehrdienstbücher und Düsseldorfer Sparbücher – der Geburtsort als Füllwort, das unbedingt gebraucht wurde, das zu mir gehörte wie ein Kennzeichen. Allein das Jahr 1974 müßte eine ganze Seite notierter Erfurts erbringen – bei zwei Umzügen, drei Krediten, vier Autounfällen mit viel Schreibkram, plus einer komplizierten Firmengründung. Um Kölner oder Bremer Beamten Orientierungshilfe zu geben, vielleicht gar im unbewußt schmeichlerischen Herbeizitieren der beliebten Bratwurst- oder Mettsorte, fügte ich stets ein angesichts der Größe der Stadt eher ungebührliches -Thüringen oder Schrägstrich Th. hinzu. Als Schulkind hatte ich das mit noch mehr Genauigkeit getan. Bis es mir mit elf oder zwölf Jahren pedantisch und unsinnig vorkam, beantwortete ich entsprechende Fragen nämlich in voller Länge mit Erfurt-Möbisburg. Darunter stellte ich mir allerdings so gut wie gar nichts vor. Ein Stadtteil oder ein Vorort oder ein eingemeindetes Dorf? Wie könnte dies Möbisburg aussehen?

Na ja, sagte Gabriele, nicht ganz so schön, ein ziemlich kleines Zentrum und dann eher sich ins Längliche ziehend, wie ein Straßendorf.

Gerade auf der Welt, war mir bereits ein möglicher Heimatort verlorengegangen, ein eher sich ins Längliche ziehender. Familiengeschichtlich verlief dieser Nachkriegssommer als »Unterkommen in einem Bauernhaus«, durch die Schwangerschaft an dieser Stelle nötig geworden. Mein Vater, auf der Suche nach einer neuen Existenz, hat der östlichen Gegend nicht so recht getraut, und dafür zweihundert Kilometer westlich davon eine potthäßliche, von den Nazis halbfertig liegengelassene Retortenstadt aufgetrieben – ein in seiner architektonischen Dürre durchaus sozialismusgeeigneter Industrieort mit schlechter Luft durch Stahlwerke und Kokereien. Der Umzug dorthin machte aus mir bereits im ersten Lebensjahr ein niedersächsisches Kind mit all seinen glorreichen Aussichten.

Von der Erfurter Episode war später kaum die Rede – keine Verpflichtungen, Bekanntschaften oder Erinnerungen, die es wert gewesen wären. Und doch verdanke ich ihr mehr als die nur formelle Erwähnung einer mysteriösen, fernen Stadt in meinen Papieren. Beim Schieben des Flüchtlingskinderwagens verliebte sich nämlich meine große, halbwüchsige Schwester zum ersten Mal heftig und mit unauslöschlichen Folgen für mich. Auf ihren, vom kurzen Glück geweckten Wunsch hin wurde mir für immer ein zweiter, altdeutscher Vorname verpaßt – und zwar der des von ihr auserwählten, einheimischen Burschen, der sich möglicherweise als rüstiger Erfurter Rentner noch heute manchmal an die damaligen Spaziergänge mit uns erinnert.

Gabriele und ich tranken eine Flasche Wein. Sie schwärmte von einem blauen Meer aus Hyazinthen, das Holländer für eine Gartenbauausstellung der siebziger Jahre in ihre Heimatstadt gepflanzt hatten. Monatelang wäre sie vom ungewohnten Flair ganz bezaubert gewesen. Zu der Zeit hab ich geglaubt, so duftet es im Westen überall, sagte sie. Die diversen Formen der Anwendung von Blumen, in welchem Gesellschaftssystem auch immer, waren mir zeitlebens völlig gleichgültig, aber es gibt Momente während oder auch nach einer Party, da lasse ich mir gern einmal davon erzählen. Drei Tage später klingelte es an meiner Wohnungstür – Gabriele brachte mir einen Blumentopf mit einer blauen Hyazinthe vorbei. Eine viel zu wenig ausgetüftelte, ja geradezu überstürzte Aktion, wie ich fand. Einen abends allein in seiner häuslichen Geruchswolke stehenden Mann kann so etwas schnell in Verlegenheit bringen.

Gab es denn gar kein besonderes Erfurt-Erlebnis?
Doch, es gab eins. Es vollzog sich noch vor dem Fall der Mauer in Berlin-Wannsee. In den achtziger Jahren hatte ich mit dem Schreiben begonnen, zu meinem Glück erfolgte die Einladung einer Schriftstellergruppe zur Werkstatt-Lesung. Bei der Vorstellung war nichts Bemerkenswertes über den unbekannten Autor zu verkünden, außer der schlichten Information, geboren dannunddann, daundda. Nach der Lesung zog mich ein älterer Herr zielstrebig beiseite, reichte mir freundlich die Hand und sagte, herzlich Willkommen bei uns, mein Lieber. Da es sich um den Präsidenten des westdeutschen PEN-Clubs handelte, beruhigte diese Geste meinen nervösen Hunger nach Reaktion – die vorgelesene Story war offenbar doch besser als vorher angenommen. Wir drehten eine Runde durch den Saal, er umfaßte dabei wohltuend meine Schulter und sagte, Sie kommen also aus Erfurt. Ich sagte, ja. Daraufhin drückte er seinen Arm mit noch mehr präsidentialer Wärme um mich – da haben Sie ja ganz bestimmt eine Menge durchgemacht. Erst jetzt und leicht enttäuscht begriff ich den Grund für sein mitfühlendes Interesse. Ehe ich jedoch weitere, möglicherweise ihn enttäuschende Erklärungen abgeben konnte, begann die Mittagstafel – eine nicht nur bei literarischen Zusammenkünften unaufschiebbare Angelegenheit.

Kalter Hund

Anfang der Woche war ich nach einer längeren Magen-Darm-Geschichte von meiner Ärztin für körperlich wieder gesund erklärt worden. Doch noch im selben Gespräch hatte die Frau eine dringend nötige, psychotherapeutische Behandlung angeraten – wegen der Schwere, sagte sie, mit der Sie hier über Monate erschienen sind. Für Momente starr geworden, war mein Blick aus dem Panoramafenster ihres Sprechzimmers in die Häuserschlucht hinuntergefallen, auf die kantigen Fronten der neuen Bürokästen gegenüber. In der ersten Verwirrung hatte es mir verrückterweise sogar geschmeichelt, endlich auch einmal den therapiewürdigen Status eines seelisch Angeknacksten zuerkannt zu bekommen – und das nicht am Tresen meines Stammcafés, sondern als ärztlich festgestellte Diagnose. Mein Beruf ist das Schwere, hatte ich schließlich geantwortet, nicht ich – die chronischen Finanzprobleme eines Schriftstellers sind es, nicht ich.

Am Ende derselben Woche begann die Fußball-Europameisterschaft, ein frei Haus geliefertes und lückenlos wahrzunehmendes Verdrängungsprogramm, das mir als seelisches Notpflaster fürs erste gereicht hätte. Daraus wurde nichts. Denn zum allerunpassendsten Zeitpunkt, beim Eröffnungsspiel nämlich, verblaßte das Fernsehbild zur nur skizzenhaft erkennbaren, pointillistischen Höhlenmalerei. Der Anblick war deprimierend. Er löste einen Verzweiflungsschub aus, der sich in Null Komma nichts in eine alle erdenklichen Defizite einbeziehende Generalklage ausweitete – mein Leben, ein Martyrium, ein mysteriöses Rätselknäuel, reich an großen Mängeln und kleinen Defekten wie jenem, der sich irgendwo in den Verzweigungen der Kabelanlage oder im Empfangsgerät verbarg.

Eine Weile schaute ich noch auf das schemenhaft verhuschte Spielgeschehen: ein Mann in seiner magersten Momentaufnahme, bar jeder Hoffnung auf die wiederkehrende Vollständigkeit der Bilder und ohne den Restglauben, mehr als ein ablenkungsgieriger Augenblicksmensch zu sein. Daß mein mühsam aufrechterhaltenes mentales Gleichgewicht durch eine, im Ernstfall allerdings das Bankkonto auflösende Bildstörung dermaßen gestört wurde, war erschütternd und machte die Beurteilung der Ärztin mehr als glaubwürdig.

Beim Gedanken an die beiden mir flüchtig bekannten Psychotherapeuten kamen jedoch Zweifel am Sinn einer möglichen Behandlung auf. Der eine, zurückhaltend bis zur Selbstverleugnung, hatte mir bereits wiederholt gestanden, die Jahrzehnte zurückliegende Zeit seiner DKP-Mitgliedschaft nicht überwinden zu können, ja, aufgrund der derzeitigen weltpolitischen Lage auch gar nicht überwinden zu wollen. Der andere, mit spätyuppiehaftem Swing und ungesunder Dauerbräune, lächelte mich im Supermarkt regelmäßig an die Wand und schenkte mir zur Bekämpfung meiner Depressionen einen seiner praxiserprobten Tages-Sätze, *entspann dich, entspann dich einfach, entspann dich doch mal;* bei nächtlichen Zufallstreffen analysierten wir wiederholt Geschichten von Frauen, mit denen er verreisen oder schlafen wollte, während sie ihrerseits in Unschlüssigkeit verharrten. War'n mir nicht fremd, die Probleme dieser beiden Männer, war'n mir überhaupt nicht fremd. Aber der richtige Gesprächspartner für meine ärztlich aufgespürte, womöglich auch aus früher Kindheit herrührende Schwere wollte erst noch gefunden sein.

Anderntags stand ich auf der Straße, eine Minute vor Spielbeginn – wohin?

Genauer betrachtet, stand ich auf einer Geschäftsstraße Zentral-Schönebergs, einer deutsch orientierten Straße mit Hang zum Orient, nah- und fernöstliche Imbisse vor Augen, dazu die Läden »Bio Brot« und »Bio Wein«, eine Buchhandlung für Kharma und eine für Dharma, die Boutique »Okkult Outlet« auch. In Sichtweite ein Café mit herausgehängtem Schildchen »Psycho-Stammtisch« und eines mit Namen »Forum für unbekannte Autoren«, von Portugiesen geführt. Deren überaltertes TV-Gerät zeigte melancholisch eingedunkelte Bilder, eine Art Fado-Fernsehen. Also noch mal: Wohin? Hier, in der Nachbarschaft von Lokalitäten wie »Südwind«, »Traumvogel« und dem kryptischen »Vor-Atlantis«, einem vermutlich vorfernsehzeitlichen Haus? Angesichts der hohen esoterischen Verdichtung in diesem Bezirkskosmos auf die Schnelle einen passenden EM-Sessel zu finden, schien ausgeschlossen. So lange jedenfalls, bis der Blick auf der anderen Straßenseite hängenblieb – an einem unauffälligen, schlicht »Schultheiß-Stübchen« benannten Lokal.

War keine bekannte Größe im Kiez. Kam doch einmal die Rede drauf, dann im Unterton belustigten Erstaunens, in dem wegen der sommers davor sitzenden, zechenden Kaventsmänner auch diffuse Befürchtungen mitschwangen.

Das Lokal galt als die letzte hier verbliebene sogenannte Arbeiterkneipe – der eigentliche Exot in dieser Straße.

Eine Stube, tatsächlich, kaum dreißig Quadratmeter groß: der Tresen kurz und unbesetzt, drei, vier kleine Tische, eine in der hinteren Raumhälfte an der Wand lehnende Dart-Wurfanlage, das einzig Modische in dem etwas lichtarmen Lokal. Im Eingangsbereich, unter dem an der Wand montierten Fernseher, hingen zwei Geldspielautomaten – ein mit dem Rücken dazu stehender Gast ließ darin sein Kapital arbeiten. Er schien der ins Stocken geratenden Unterhaltung vierer an einem größeren Rundtisch sitzender Männer zu folgen, die sowohl ihm als auch den laufenden Geräten keine Beachtung schenkten. Offenbar durchlebte die Gruppe gerade einen kurzen Moment gemeinsamer Gedankenschwere, einen kleinen Hänger, wie stoned. Ich wählte den Tisch mit dem günstigsten Neigungswinkel für den unter der Decke angebrachten Fernseher.

Es dauerte eine Weile, bis einer von ihnen auf meine fragenden Blicke reagierte und die drei Bedienungs-Schritte zu meinem Platz gemacht hatte; Minuten, in denen ich eine gedankenschwere Phase durchlebte – angeregt von der Atmosphäre, vom bierundaschegesäuerten Geruch, einem der altvertrauten deutschen Grundgerüche. Das stilechte Mobiliar der fünfziger, frühen sechziger Jahre, die ins Dekogestrüpp auf den Fensterbänken gestellten Stoffpuppen, das Häkelimitat des Tischdeckchens und auch der sich gegen jedes spätere Design behauptende, beinharte Holzstuhl genügten, um mich in die erste Kindheits-Kneipe zurückzuversetzen, eine niedersächsische Dorfkneipe namens »Schmiedeschänke«; ihr Groschengrab hieß »Rotamint« und brannte uns Halbwüchsigen die Unwägbarkeit von Gewinn oder Verlust auf ewig ins Hirn. Aber weder die Einrichtung noch sonst etwas im »Schultheiß-Stübchen« war museal – oben auf dem Schirm lief die aktuelle Europameisterschaftspartie, Kroatien gegen die Schweiz, live.

Der einzige, der hinschaute, war ich.

Warum da zugucken, sagte der Bediener, das Ergebnis kannst du morgen in der Bildzeitung lesen.

Die Köpfe über den Tisch gesenkt, nahm die Männerrunde ihr leises Gespräch wieder auf, der Zocker spielte nach Gehör, die gespeicherten Euro klickten hinter seinem Rücken im Fünfzehnsekundentakt weg, nur mir gelang es nicht, so wie sonst in den meditativen Fluß der Fußballübertragung einzusteigen. Noch weniger konzentriert als beim Alleinfernsehen, überkamen mich zu viele Gedanken – diese Stube, ein Proustsches Plätzchen, half meinem Langzeitgedächtnis auf die Sprünge, auf irre Zeitsprünge in der immer offenen Erinnerungsspur. Ich dachte an die frühen kleinstädtischen und längst verdrängten Verhältnisse, um mich im nächsten Moment an den Beginn meines Schöneberger Lebens zu erinnern, an die späten siebziger Jahre, diese angenehm langsam verlaufenden Jahre, eine Zeit ohne den heutigen ökonomischen Druck – die Geschäfte und Kneipen machten im Sommer für vier oder sechs Wochen den Laden dicht, Urlaub. Ich erinnerte mich an die Familienväter in meinem Altbaublock – sämtlich Handarbeiter, Werkzeugmacher, Bierfahrer –, sie hatten in diesem Viertel damals eine große Auswahl an Feierabendkneipen nach ihrem Geschmack.

Freitagnachmittags pinkelte manch wankender Heimkehrer an Laternenpfähle und brüllte in die maroden Hausflure – das erleichterte nach der harten Arbeitswoche. Mitte der Achtziger, ungeduldig geworden wegen der nur zögernd einsetzenden Sanierung der Gegend, zogen sie in Neubaugebiete, aus ihren Kneipen wurden Szenecafés und Bars. Binnen weniger Jahre war die hier einst dominierende Mehrheit zur fast vergessenen Minderheit geschrumpft. Und diese Nachhut, den damaligen vom Äußeren her ziemlich ähnliche Männer, saß nun in ihrem weit und breit letzten »Schultheiß-Stübchen«, links daneben ein arabischer Feinkostladen, rechts tibetanischer Trödel.

Erst durch eine neu hereingekommene, enorm große, blonde Frau um die Fünfzig wurde die Aufmerksamkeit der anderen auf das laufende Fußballspiel gelenkt. Sie hatte das oben rechts ins Bild gesetzte Insert CRO Strich SUI gelesen und gefragt, wer dort spielte – und was denn S-U-I bedeute?
Schweiz, sagte einer, auf französisch.
Ja, wer spricht denn hier Französisch?
Kroatien spielt gegen die Schweiz.
Und wo?
In Portugal.
Ja dann müßte es doch auf portugiesisch dort stehen!
Wer spricht hier Portugiesisch, sagte einer.

Das Thema war gefunden, das Spiel abgehakt, die Frau empört, eine lange, von allen kommentierte Sprachdebatte begann. Zu meiner Überraschung saßen ein Kroate und ein in Jeansklamotten vital wirkender Schweizer Vorsenior am Tisch – daß nicht mal ihr beide da oben zuguckt, hatte die Frau moniert. Dabei wollte gerade sie eine Bevormundung durchs TV nicht akzeptieren, zum Französischen so wenig wie zum Englischen hin; am Ende wünschte sie die generelle deutsche Beschriftung: Wir sind doch die meisten.

Ich habe heute jedenfalls meine Pflicht getan und bin zur Europawahl gegangen, sagte sie noch stehend mit provokant-geringschätzigem Blick auf die Runde.

Ein bebrillter Mann, dessen Bauch sich wie ein Airbag gegen den scharfkantigen Tisch preßte, verbesserte sie leise: Deine vermeintliche Pflicht.

Der Stammtisch-Weise saß auch am nächsten Spieltag an seinem Platz in der Runde; der dort mitdiskutierende Bediener nickte mir zu und sagte »Cola« – doch für den Gang hinter den Tresen wartete er noch auf Bestellungen anderer. Obwohl zwei, drei Leute mehr als gestern das Stübchen füllten, wirkte es weiterhin wie ein eher privater Treffpunkt. Vor den Fenstern hingen halblange, weiße Wohnzimmergardinen.

Ein älterer Mann ließ mich mit dem Hinweis an seinen Tisch, daß sich sein bereits anwesender Kumpel sogleich dazusetzen würde. Die beiden gerieten bald in eine heftige Frozzelei, wer wen wann und wie oft zum Trinken eingeladen hatte, um dann über einen gar nicht freigebigen Bekannten zu reden, der aber immerhin – wie der Ältere einwarf – ihm anläßlich des wohl Jahre zurückliegenden beruflichen Ausscheidens einen »Kalten Hund« geschenkt hätte. Angeregt von diesem Begriff, brach ich mein Schweigen und fragte: Was bitte ist denn ein »kalter Hund«?

Mir hätte klar sein müssen, daß sich aus dieser Frage ein so leicht nicht abzubrechendes Gespräch entwickeln könnte, dem ich am Ende womöglich nicht gewachsen sein würde. Andererseits reizte es mich, sozusagen rein sportlich mitzumischen beim detailversessenen Gerede von Alkoholisierten – am Stammtisch hatte jeder etwas im großen Glas und irgend etwas in ein, zwei kleinen Gläsern vor sich stehen. Hier verkam der Fernsehfußball zur irisierenden Tapete, zum Blickfänger von untergeordneter Bedeutung, was er eigentlich auch war.

Is' er 'ne linke Ratte, hatte der Kumpel den Alten mit einem kurzen Kopfzucken in meine Richtung gefragt.

Seine Wortwahl war beunruhigend. Hielt er mich für einen übriggebliebenen Kiez-Rebellen, der es hier im »Schultheiß-Stübchen« noch mal wissen wollte? Für einen Stimmungsschnüffler aus einer Parteizentrale? Oder vielleicht für einen Casting-Agenten, der nach Darstellern für eine milieugerechte Fernsehserie suchte? Der Kumpel, ein sich dominant gebender Schnauzbartträger mit ungemütlichen, raumgreifenden Gesten, hatte während des Gesprächs den Alten bereits mit unwidersprochen gebliebenen Grobheiten überzogen.

Der Alte antwortete: Er hat ganz ordentlich nach einem freien Platz gefragt.

Nur zum Fernsehen, erklärte ich, aber außer mir guckt nur noch einer hier, der dort hinten mit den Tattoos auf den Oberarmen.

Das ist ja auch ein Idiot, sagte der Kumpel.

Eine Viertelstunde später wußte ich mehr über den Kalten Hund, als ich je wissen wollte: drei, vier variierte Rezepte für eine geschichtete Keksbrösel-Schokolade-Masse, im Kühlschrank schnittfest gefroren, hausgemacht für Kinder und auch für Poliere, die nach 42 Jahren auf dem Bau in Rente gingen.

Wenn er det nich' weeß, sagte der Alte, dann kennt er unsre schöne Moppelkotze ja ooch nich', diesen klein geschnibbelten roten Wurstsalat für'n Mittach.

Eben keen Berliner, sagte der Kumpel. Die beiden legten sofort los: Woher kommst du, wo wohnst du, was treibst du, was bist du für einer. Sie taten das so nachdrücklich, daß ich gar nicht anders konnte, als all ihre Fragen und Nachfragen wahrheitsgemäß zu beantworten. Das änderte jedoch wenig am unverhohlenen Argwohn des Kumpels – seine nur mühsam zurückgehaltene, jederzeit ausbruchsbereite Lust zur Provokation schien mich geradezu körperlich zu schwächen.

Dreißig Jahre Schöneberg müßten eigentlich ausreichen, sagte ich.

Seit achtundsechzig Jahren wohn ich hier, sagte der alte Polier, mit drei hergezogen, ins Haus gleich um die Ecke – im April fünfundvierzig standen die Russenpanzer vor der Tür und ham' ihre Rüssel durchs Fenster in diese Kneipe gesteckt.

Sinnlos, in dieser Runde von einem Kiez voller alternativer Spießer zu sprechen, über das kleinbürgerlich gewordene, entdramatisierte Schöneberg zu jammern, der einstmals gefühlten Mitte von Westberlin. Für den alten Polier stand sein Wohnviertel ohnehin außer Frage – er sagte mehrmals: Ich brauche das hier. Allein schon das Stübchen würde ihm fehlen in Marzahn, der östlichen Gegengegend, die sein Kumpel mit Begeisterung beschrieb – die ordentlichen Neubauten, die Ruhe, die Klarheit, dort wollte er hinziehen, was er dem Alten auf einer Tage zurückliegenden und erneut diskutierten Besichtigungsfahrt deutlich gemacht hatte.

Und kaum Ausländer, schob er noch nach.

Ein mir günstig erscheinender Moment, um ein paar der sonst unterdrückten Bemerkungen über südosteuropastämmige Mitbürger mit und ohne deutschen Paß loszuwerden.

Am Kleistpark wohn ich, sagte ich, nach vorne raus in Schöneberg, nach hinten raus in Ankara – wär' noch immer gewöhnungsbedürftig, diese schleichende Umwidmung der Gegend, der Läden, von Bolle zu Öz Gida, von der Apotheke an der Ecke zum x-ten Islam Kulturverein, nix multikulti, null Kontakt zwischen den Deutsch-Schönebergern und den West-Anatoliern, seit Jahrzehnten ohne das geringste gegenseitige Interesse, ein Aneinandervorbeileben in blickdichten Parallelwelten, das paßt doch einfach nicht.

Es wurde merkwürdig still am Tisch. Vielleicht schwiegen die beiden, weil das Thema für sie längst erledigt war. Weil sie aus dem Widerspruch zwischen dem gesellschaftlich Erwünschten und ihrer subjektiven Meinung nicht herausfanden. Oder weil sie darin nur einen von vielen unabänderlichen Gründen für das latente Gefühl des Fremderwerdens in ihrem angestammten Kiez sahen.

In unserem Viertel hier gibt's nur einen einzigen Türken, der mit einem reinrassigen Dackel rumläuft, sagte ich – aber in eure Kneipe kommt ja sowieso keiner von denen, sagte ich.

Nichts als Spekulationen, das war mir klar. Sie wünschten keine Diskussion. Woran auch die leise beiseite gesprochene Bemerkung des Kumpels wenig änderte.

Spaß macht's jedenfalls nicht, sagte er, jeden Tag der Aysche aufs neue zu erklären, wie man richtig putzt.

Er war Hausmeister.

Nicht er selbst, sondern der Alte hatte das gesagt und mir mit respektverlangenden Blicken zugenickt – in der Fachhochschule, gleich hinter der Kirche. Zuerst sachlich, doch bald mit verächtlich werdendem Ton erklärte der Hausmeister sein Haus, die Tricks der Ämter, die Eigenarten einiger Dozenten, den Lehrbetrieb – dort drüben käme alles Erdenkliche vor, keine menschliche Verhaltensweise sei ihm fremd.

Also was machst du beruflich?

Der Geldautomat klackerte dumpf, am Stammtisch wurde es kurz laut, und die zwei schauten streng wie bei einem

Kreuzverhör – nicht ganz der passende Ort für das, was ich sagen mußte: schreiben.

Wie schreiben?

Als Schriftsteller.

Der Alte schwieg, als hätte er nichts gehört, der Hausmeister verdrehte Kopf und Augen – diese menschliche Verhaltensweise war ihm offenbar fremd.

Ich hab gar keine Bücher, sagte er, nur die von Karl May, die aber komplett, alle Bände in einem Regal.

Ja, sagte ich, das ist ein Problem.

Welchen Beruf hätte ich sonst angeben können? Es war noch nie leicht, das Schriftstellerdasein ohne paranoide Anwandlungen zu erklären – nicht einmal mir selbst. Und erst recht nicht diesem von sich selbst überzeugten, im »Schultheiß-Stübchen« sitzenden Hausmeister, der meine Tätigkeit bereits konterkariert und mich damit in höchste Anspannung versetzt hatte. Die unangenehme Situation verschärfte sich noch, als er den für sein Verständnis einzigen Nenner entdeckte.

Und woher kriegst du dein Geld?
Na ja, sagte ich, das ist ein Problem.
Du mußt doch von irgendwas leben, sagte er kopfschüttelnd – deine Miete, deine Familie und so weiter.
Bin allein.
Du kostest auch was.
Wenig, fast nichts. Letztes Jahr hatte ich ein Stipendium.

Ein Stipendium? Das ist doch was für junge Leute, für Studenten und so.
Eine Kulturförderung vom Staat, sagte ich – sonst gäbe es demnächst nur noch BILD und Glotze.
Brauch ich alles nicht, sagte der Alte.

Der Hausmeister sagte: Was die für Sachen mit unseren Steuergeldern machen.

Nach einem kurzen Moment der Verwunderung schaute er mich wieder voller Mißtrauen von der Seite an. Wir saßen Ellenbogen an Ellenbogen, beide etwa gleich alt, gut in den Fünfzigern und doch Lichtjahre voneinander entfernt. Zwei Straßen von hier stand eins meiner Bücher in der öffentlichen Bibliothek.

Vielleicht krieg ich ja Wohngeld, sagte ich.

Daraufhin wurde mein Nebenmann unangenehm laut: Meine Güte, nein so was, nee, Wohngeld, geh mir weg, hör mir auf, hör mir bloß auf.

Mit den Armen überm Tisch fuchtelnd pendelte er im Stuhl hin und her, als wäre einer seiner empfindlichsten Punkte getroffen. Das Einstecken jeglicher sozialer Staatsknete schien ihm, dem Staatsdiener, die verhaßteste menschliche Verhaltensweise zu sein. Am Stammtisch krächzte eine Stimme, zehn Euro für den Notarzt, und noch mal zehn in der Notaufnahme im Krankenhaus.

Und deine Altersversorgung?

Null, nichts, so gut wie nichts.

Meine Herren, sagte er – dann liegt der uns Steuerzahlern ja demnächst wieder auf der Tasche.

Zur Halbzeit des EM-Spiels war ich aussichtslos im Hintertreffen. Die unerbittliche Fragerei hatte für die plötzliche Wiederkehr der täglich aufs neue zu verdrängenden Finanzmisere gesorgt – deren Bekenntnis mußte auch im »Schultheiß-Stübchen« Erstaunen auslösen. Da nutzten weder die Klagen über die lächerlichen Literatur-Löhne noch meine äußerst kenntnisreichen Erläuterungen einschlägiger Sozialgesetze; sie machten die beiden auf der anderen, sicheren Seite nur mürrischer. Der Hausmeister neigte zur pädagogischen Strenge, womöglich getrieben von unbewußten Vernichtungsphantasien, was nicht unbedingt im Widerspruch zueinander stehen mußte. Er hatte den Fall schnell durchgerechnet und sagte:

Dann bist du also ein armes Schwein.
Ja, sagte ich, das kann man so sagen.

Der Mann war schließlich nur seiner Intuition gefolgt und lag, realistisch betrachtet, mit seiner Einschätzung in mehrfacher Hinsicht richtig. Dabei kam seine harte, obendrein kostenlose Behandlung meiner Problematik ganz ohne Kenntnis des Unbewußten aus.

Der alte Polier versuchte, mich wieder aufzubauen.

Ich erzähl dir mein Leben, sagte er, und du machst daraus ein Buch.

Er meinte das völlig ernst und begann sofort mit seiner Geschichte. Das Erzählen strengte ihn an, die fürs Berlinern nötige Lautstärke fehlte ihm, zwischendrin fehlten auch ganze Silben. So kam ein nur schwer verständlicher, lückenhafter Bericht heraus – Jahrgang dreiunddreißig, jaja, als Schüler ein paar Tage mit einer defekten Panzerfaust hier unterwegs, die Eltern keine Nazis, neinnein, drei der Brüder unversehrt aus dem Krieg zurückgekehrt, die Ehefrau schon länger tot, seitdem allein in kleinerer Wohnung.

Selbst in der gerafften Form beeindruckte mich sein Bericht.

Aber immer in Schöneberch gelebt, sagte er, gleich um die Ecke, immer im selben Haus.

Nur drei Häuser entfernt davon lag das »Savo«, mein aktuelles Stammcafé, ein nüchtern-hell und schlicht eingerichtetes Lokal, dessen bleiche Schönheit in japanischen Reiseführern hoch gelobt wurde. Einige Geisteswissenschaftler des Viertels spalteten dort die letzten Erkenntniskerne ihrer jeweiligen Forschungsgebiete – andere arbeiteten sich an der Zukunft der Arbeit ab oder lasen Prognosen aller Art aus dem Kaffeesatz. Keiner von ihnen hatte jemals das »Schultheiß-Stübchen« besucht.

Wir könnten uns hier ein paarmal treffen, sagte der alte Polier mit erwartungsvollem Blick – und nach und nach erzähl ich dir alles in Ruhe.

So ein Leben ist einmalig, sagte der Hausmeister – das wird garantiert ein Bestseller.

Ich nickte – ja, vielleicht.

Und wenn es kein Bestseller werden würde – darin waren sich die beiden einig –, dann läge die Schuld einzig und allein bei mir.

Auch in diesem Punkt mußte ich ihnen recht geben – mit zunehmend mulmigerem Gefühl. Das EM-Spiel oben im Fernseher war mittlerweile zu Ende, und das Schultheiß-Therapiestündchen sollte jetzt auch enden. Mehr konnte keiner von so einem Gespräch erwarten.

Geh nach Hause, sagte der Hausmeister, und schreib was Vernünftiges – für deine Miete.

Der Rote Rosen Tempel No. 2

Über die Ereignisse im Rote Rosen Tempel Numero 2 habe ich vor Jahren schon einmal geschrieben – das heißt, sie wurden von mir so extrem verfremdet, daß am Ende eine ganz andere Erzählung herauskam. Das ursprünglich zugrundeliegende, reale Geschehen war kaum mehr erkennbar und daher auch nicht sinnhaft nachvollziehbar. Später bedauerte ich die verrätselnde Verwendung gerade dieses Erlebnisses als einen erzählerischen Mißgriff. Das kann schon mal passieren. Deshalb möchte ich die Geschichte jetzt so weitergeben, wie sie sich tatsächlich zugetragen hat. Der Ort der Handlung ist Oklahoma City, die vorkommenden Personen Nordamerikaner, die Zeit die siebziger Jahre des vergangenen Jahrhunderts.

Der Entschluß, nach wochenlangem Unterwegssein in den USA ausgerechnet nach Oklahoma zu fahren, war eher beiläufig gefallen und entsprach in erster Linie meiner Gewohnheit, die Exotik des Reisens durch das Einschieben möglichst banal erscheinender Zwischenstationen abzuschwächen. Hinter mir lagen drei Tage in der Gegend von Flagstaff, Arizona, mit dem üblichen touristischen Programm – ein Besuch bei den Hopi-Indianern, denen kein Wörtchen zu entlocken war, einer bei den geschwätzigen Navajos, und schließlich ein Abstecher zum Grand Canyon, in dem man über Hunderte Meter das Schlapp-Schlapp flügelschlagender Vögel so deutlich hören konnte, als sei die Schlucht eigens für diesen Soundeffekt gebaut worden. Narbengesichtige Trucker erzählten mir von ihren Kicks auf der Route sixty-six, und ein auf seinem Bock vibrierender Hundert-Kilo-Kloß aus geballter, naiver Begierde fragte mich nach wenigen Tramper-Meilen: »Did you ever suck a cock?« Blaßgesichtige Jesus-lebt-Leute beteten bei gleichzeitigem Handauflegen und Handaufhalten für mein Ende als Raucher – tags darauf stand ich an der berühmten Landstraße, zerbröselte zum eigenen Erstaunen die letzten Zigaretten und ließ den Tabak aus der Hand vom Wind verwehen. Übers Jahr ärgerte mich allerdings mein zu geringer Glaube an die Gebetskraft der Jesus-People. Fünfzig Dollar anstatt der nur mickrig gespendeten zwei hätten wahrscheinlich für ein ganzes Leben als Nichtraucher gereicht.

Möglicherweise spielte damals bei der Ortswahl die bekannte Liedzeile »Oklahoma City looks oh so pretty« eine unbewußte Rolle. Herausgehört hatte ich diesen Songfetzen bis dahin schon oft genug – auch original bei dem sich abrackernden Musikarbeiter Chuck Berry, sogar zweimal in ein und demselben Konzert, once for the money, and once for the show. Soweit ich mich entsinne, erregte bei der Lektüre des Reiseführers der Begriff »The sooners« meine Aufmerksamkeit – so nannten sich die Bewohner von Staat und Hauptstadt, die auf seltsame Weise von diesen »Baldigen« oder »Voreiligen« gegründet worden waren. Und zwar so: Die Regierung hatte das von Indianern abgeschacherte Gebiet am 22. April ab zwölf Uhr für weiße Siedler freigegeben – die auf den Hügeln kampierenden Sooners stürzten jedoch in Massen etliche Stunden vorher ins Tal hinunter und nahmen in großer Hast ihr Stückchen Land in Besitz. Sollte das Ergebnis ihrer nächtlichen Rennerei wirklich so pretty ausgefallen sein?

Eher nein. Die Stadt sah aus wie zehn Minuten Erdkundeunterricht. In der verkehrsarmen, menschenleeren City druckste eine Gruppe niedriger Hochhäuser herum, immerhin hoch genug, daß ihre Spitze von einzelnen Wölkchen umschwebt wurde, für mich längst ein Symbolbild für mein einsames Herumziehen durch amerikanische Städte. An ihrer Rückseite ging es etwas lebhafter zu. Hier traten hin und wieder Kunden in alte Läden, Kulissen wie für Kinokinderherzen stehengelassen, mit in Wildwestmanier hochgestellten, Größe vortäuschenden Holzfronten, hinter denen sich flache Schuppen aus der Pionierzeit verbargen. Der übereilige Zugriff der Sooners hatte der Stadt ein bleibendes Muster verpaßt: etwa gleich große, rechteckige Parzellen ergaben rechteckige Straßenkarrees, die wiederum rechteckige Viertel und ebensolche Siedlungen ergaben, so sah das aus, ein Grundstück, ein Haus, ein Grundstück, ein Haus. Und es gab noch ein weiteres Zeichen lokaler Gier – Bohrtürme, laut Reiseführerlektüre 1800 Stück im Stadtgebiet. Auch in der City nickten Dutzende von ihnen wie ein mechanisches Ballett trinkender Vögel gen Boden, überall, auf Parkplätzen und Bürgersteigen, in Gärten und Höfen, fünf von ihnen bewegten sich gar auf dem Rasen vorm Capitol, dem einst ahnungslos auch auf einer Ölquelle gebauten Parlament. Das alles hatte ich bald gesehen und gedacht, einen Tag hier, gut, eine Nacht, dann weiter.

Aber meine Ankunft in dieser Stadt kam genau zum rechten Zeitpunkt – zumindest für die junge Frau, die in einer Nebenstraße versuchte, eine gläserne Ladentür zu verschließen. Von weitem sichtbar kniete sie vor dem Bodenschloß, stocherte darin, rüttelte, alles vergeblich. Es war exakt der gleiche, verhaßte Typ Glastür, den ich mit meinem Büroleben in Deutschland vor kurzem hinter mir gelassen hatte – ungefragt und selbst überrascht von meiner Hilfsbereitschaft schloß ich das Ding für die Frau zu. Der Laden dahinter schien leer zu sein, keine Auslagen zu sehen.

Okay? Okay, thank you. Wir lächelten uns der Situation entsprechend kurz an und gingen in entgegengesetzter Richtung auseinander – zu billig, daraus eine Gelegenheit zu machen. Um dem Zufall dennoch eine faire Chance zu geben, legte ich meine Gehstrecke im Rechteck des Blocks so, daß wir uns auf gleicher Höhe in der Parallelstraße wiedertreffen könnten. Das verschaffte mir wenigstens fünf spannende Minuten; was sonst, außer dem möglichen Laufweg einer jungen Frau, gäbe es an so einem Abend in Oklahoma City zu berechnen. Wir trafen uns wieder, nun vom Zufall schon überzeugter und minimal verbunden durch unser außenseiterisches Fußgängertum.

Die kleine, dunkelhaarige Frau war um die Zwanzig, ungeschminkt und unauffällig gekleidet. Sie wirkte mißmutig, vielleicht sogar bedrückt, ging und sprach schleppend, ein genereller Vorbehalt schien sie zu blockieren. Der Aufenthalt in Oklahoma City beflügelte sie jedenfalls nicht. Die Okis sind doch ziemlich bescheuert, das weiß jeder, sagte sie – aber deshalb arbeiten wir ja schließlich in dieser Stadt. Wieso deshalb? Und welche Arbeit? Geschäfte, Scheißgeschäfte – sie verzog angewidert ihr hübsches Gesicht, als hätte sie es mit einer extrem verächtlichen Sache zu tun. Welche Branche? Ach shit, sagte sie, ein Job im Laden meiner Mutter, etwas anderes kriege ich nicht. Ihr gingen offenbar eine Menge Einzelheiten dieses Arbeitsverhältnisses durch den Kopf, das Gespräch stockte. Vor einer Kneipe blieb Rozanne stehen – da drin wartet meine Mutter.

Von solch altmodischen Bars wie dem Alamo versprach ich mir in jener Phase meines Lebens wenig – kaum Gäste, der wie zu Speakeasy-Zeiten üblich schwach beleuchtete Raum mit Tresen, Musikbox und farbig werbenden Neonsignets, die aus dem Halbdunkel stachen und die Entscheidung beim Bestellen vereinfachen sollten. Auch hier verschonte das Dämmerlicht die Trinkwilligen vorm Erkanntwerden – an einer Reihe holzumrandeter Tische saßen einige Gestalten wie in den Loren einer Geisterbahn. Rozanne, rief eine weibliche Stimme aus der hintersten Ecke, Rozanne, komm her. Eine umfangreiche Mittfünfzigerin mit blonder Hochsteckfrisur winkte uns mit kräftigen Armschwüngen heran. Bei der Begrüßung überkam mich eine erste Ahnung von Rozannes möglichen Problemen, Mutter soff. Sie hatte alles dafür Nötige auf der Tischplatte vor sich aufgebaut, Whiskeyflasche, Eiswürfelschälchen, Zigarettenschachteln – eine scheinbar zeitlos konstante, amerikanische Ausstattung.

Oh yes, sagte sie, ich liebe die Deutschen, happy hands, happy brains. Weißt du, was mein erster Mann war – genau, ein richtiger Kraut, und was für einer!

Den geröteten Wangen zufolge befand sich die Frau im vorangeschrittenen Stadium der Begeisterung, und mit uns erschien endlich ein kleines Publikum. Rozanne und ihre Mutter lebten in Santa Rosa, Kalifornien, und hießen Thornton.

Missis Thornton?
Ja klar, sagte Missis Thornton, wie Janis Joplin, die arme Janis.
Aber einen Mercedes Benz, sagte ich, hab ich leider nicht mitgebracht.
Oh boy, sagte sie und schickte eine höhnische Lachsalve in den Raum – darauf warte ich schon lange nicht mehr, daß ein Kerl in die Bar kommt und 'nem scharfen girl ein Auto schenkt. Außerdem besäße sie selbst einen Mercedes – und so leicht geb ich ihn nicht her, nicht an diesen Hundesohn, diesen verdammten Hundesohn.

Ihre ersten Sätze kündeten eine längere, verschachtelte Story an, und im mächtigen Leib der Frau steckte genug Energie, um damit den Rest des Abends im erzählerischen Alleingang zu versenken. Rozanne schien sich bereits im Schweigen einzurichten. Sie kannte das Thema, den Blues vom schlecht laufenden Geschäft, das hier eigentlich gut ginge, aber schlecht drüben in Tulsa, dank diesem Hundesohn schlecht. In Tulsa? Tulsa, so nah – gab's da nicht etwas von wem noch gleich? Irgendein last trip to Tulsa, just before the snow? Die Frage überforderte das Interesse der Thorntons an populären Songs – keine Ahnung. Während mir noch musikalische Erinnerungsschleifen durch den Kopf gingen, machte sich die Mutter einen neuen Drink. Als stellte sie eine notwendig genaue Mischung her, drehte sie das Glas sachte mit den Fingerspitzen und beguckte den Prozeß.

Es ist aus, aus und vorbei, sagte sie dann – heute abend habe ich beschlossen, mich wieder scheiden zu lassen.

Sie drehte sich vom Tisch weg zur Seite und ihr stoßweise keuchender Atem ließ einen schlimmen Gefühlsausbruch befürchten. Für eine Frau wie sie, dachte ich, dürfte es ziemlich aussichtslos sein, so etwas zu überwinden oder gar einen neuen Mann zu finden. Das konnte ich mir nach den ersten Eindrücken einfach nicht vorstellen. Rozanne reagierte auf die bewegende Nachricht wenig familiär und blieb stumm. Sie rührte sich auch nicht, als wir erste Schluchzer aus Mutters abgewendetem, gebeugtem Körper hörten. Warum mußte ausgerechnet ich an einem Tag wie diesem in Oklahoma City auftauchen? Und, noch programmgemäß erschüttert vom Grand Canyon, ohne Vorwarnung in das Scheidungsdrama einer älteren Frau geraten? Das war zuviel für einen Rucksacktouristen, kaum dreißig und ohne Ahnung vom Elend späterer Jahre.

In dem Augenblick legte sich ein schwerer Arm auf meine Schultern.
Keine Sorge, sagte Mutter Thornton und griente mit seliger Gelassenheit – es ist bereits das fünfte Mal in meinem Leben.

Ihre Mitteilung erleichterte mich tatsächlich, eine Serie also, und damit vorsortierter Gesprächsstoff genug. Mutter Thornton gab einen ersten Überblick. Demnach bevorzugte sie europäische Ehemänner wie ihre Nummer eins und drei – nur der echte Europäer besäße Kultur und Geist, die Amerikaner dagegen seien nichts als Hundesöhne wie Nummer zwei, vier und fünf, der Mann in Tulsa, und immer nur auf ihr Geld aus. Ihr zufolge war die letzte, kaum vernarbte Wunde, die tiefste, ein Biß ins Gemüt. Die Nummer eins, der Deutsche namens Herbert, einfach ein Genie, erzählte sie, der dritte ein Franzose – Manieren, verstehst du, gute Manieren, der drehte beim Gebet vorm Abendessen den Ton am Fernseher ab. Und keine Weiber im Kopf wie dieser Hundesohn in Tulsa, Geld, Autos, der konnte alles haben, was er wollte, aber mich mit einer anderen betrügen, das hat sich bisher keiner erlaubt – Vertrauen ist doch das Wichtigste in der Ehe, nicht wahr?

Ich antwortete mit einem schwachen, durch keinerlei Erfahrung gedeckten Ja. Ich verstand die Frau vor mir, aber den Mann im nahen Tulsa auch. Rozanne enthielt sich jeglicher Stellungnahme gegenüber der mütterlichen Wortflut, vor der sich möglicherweise ihr leiblicher Vater, die Nummer zwei der Liste, vor vielen Jahren in den kolumbianischen Dschungel zurückgezogen hatte.

In Ordnung, ein Aussteiger, sagte die Mutter, aber ist das intelligent? Nein, nein, Herbert war der Größte – die beste Idee stammte schließlich von der Nummer eins, dem Deutschen. Seinem Showtalent verdanken wir alles, von seiner Cleverness leben wir doch bis heute, Rozanne, nicht wahr?

Rozanne nickte gelangweilt wie von einem alten, ewig wiederkehrenden Vorwurf, hinter dem sich mehr oder weniger unangenehme Pflichten verbargen.

Der Mann hatte Stil, sagte Mutter Thornton, und einen Leitspruch hatte er auch – nach oben gibt es keine Grenze, was die Intelligenz der Leute angeht, sagte er immer, aber nach unten gibt es auch keine.

Von seiner Idee hatten offenbar alle Nachfolger profitiert, auch der letzte in Tulsa. Dieser untreue Ehemann war mit den Einnahmen der dortigen Zweigstelle getürmt, der Verlust schmerzte womöglich doppelt.

Besuch uns doch morgen mittag im Geschäft, schlug Mutter Thornton beim Abschied im Alamo vor – oder gehörst du zu der Sorte Deutscher, die sich freuen, wenn es mit uns in Amerika den Bach runtergeht?

Einmal in großer Eile zum Ziel gekommen, hatten sich die Sooners für ein deutlich geruhsameres Tempo entschieden. Die Stadt war selbst als Enttäuschung noch eine Enttäuschung. Vielleicht versetzte das stetige Auf- und Niedergehen der Ölpumpen die Leute in Trance – wie eine Unmenge niedrig eingestellter Metronome gaben sie den Takt für das öffentliche Leben vor. Ein möglicher Reichtum schien jedoch unterirdisch in andere Orte abzufließen, vom Glanz und Luxus einer Ölmetropole konnte in Oklahoma City nirgends die Rede sein. Auch die kurze Gebäudereihe aus kleinen Flachbauten, in der sich das Geschäft der Thorntons befand, sah aus wie der im Mickrigen verharrende Stummel einer schon im Ansatz wieder aufgegebenen Einkaufsstraße. Rechts eine Reinigung, links ein Taschenshop, dazwischen der von mir am Vorabend abgeschlossene Laden, der wie provisorisch angemietet wirkte, weil er ohne Beschriftung oder sonstige Firmenzeichen auskam. Doch bei den Thorntons herrschte der meiste Betrieb.

Die beiden Frauen waren mit Besucherinnen beschäftigt. Rozanne schaute kurz auf und wies mir mit knapper

Handbewegung einen Platz in der Stuhlreihe zu, wo weitere Kundschaft wartete, ausschließlich Frauen, zumeist jüngere. Aber worauf warteten sie so geduldig? Was lockte sie hierher? Den kaum hundert Quadratmeter großen, rechteckigen Laden unterteilten zwei längs in der Mitte aneinandergestellte, schlichte Tische, was den Eindruck eines Schalterraums entstehen ließ, eines Betriebs mit minimal offiziösem Anstrich. Ein einzeln stehender Tisch im hinteren Bereich, darauf eine elektrische Schreibmaschine und hohe Stöße Papier, sowie ein Fotokopierer komplettierten das äußere Bild. Mutter und Tochter führten die Gespräche mit den Kundinnen allerdings in so bemühtem Ernst, als wollten sie die karge Einrichtung ihres Geschäfts durch mehr Zuwendung vergessen machen. Von den Unterhaltungen selbst konnte ich nichts verstehen – sie sprachen leise und konzentriert miteinander wie in einer intimen Beratungssituation, wobei sie gelegentlich eines der kopierten Papiere als Orientierungshilfe hinzuzogen. Die Besucherinnen, im Billigkettenstil gekleidet, manche mit Kleinkindern auf dem Arm, steckten diese Kopien ein. Insbesondere der jeweilige Abschluß der Gespräche erregte mein Interesse – die Kundinnen schoben dann einige Scheine über den Tisch, kleine Geldbündel, schon länger klamm in der Hand gehalten oder bereits abgezählt mit einem Griff aus der Tasche entnommen. Sie trennten sich mit leicht zögernder, verlangsamter Geste von ihrem Geld und sannen der Übergabe noch einen Moment hinterher – das ungefähr einzige, was ich nach einer Stunde im Laden der Thorntons halbwegs nachvollziehen konnte.

Welches Geschäft mochten diese Zahlungen bezwecken? Das einer Versandhausfiliale? Keine Kataloge zu sehen.

Oder das einer Spar- und Anlegergenossenschaft? Nein, das liefe wohl in einem anderen Rahmen ab. War der Laden vielleicht eine Abtreibungsagentur? Käme auf die Rechtslage im Staat Oklahoma an. Eine Geldwäscherei für illegale Parteispenden? Die Möglichkeiten, die sich vor meinen Augen abspielenden Szenen zu deuten, waren tatsächlich unbegrenzt. Rozanne, keine Überraschung, operierte mit nüchterner, ja lustloser Angestellten-Attitüde, was der Glaubwürdigkeit der bürokratischen Vorgänge keinesfalls schadete. Auch die Mutter, eine Sitzriesin, füllte die Rolle einer seriösen Sachbearbeiterin perfekt aus und strich die Gelder mit gleichgültiger Miene in die Tischschublade, als geschähe dies aufgrund eines übergeordneten Auftrags. Frau um Frau erledigten sie die Dinge wie einen klar begründeten und formal gebotenen Akt. Jedenfalls so lange, bis mir Mutter Thornton über die Köpfe hinweg zurief, besorg uns ein paar scharfe Tacos, und dazu eine Hundert-Dollar-Note aus der Hand einer gerade einzahlenden und erstaunt aufblickenden Besucherin zupfte. Und tu mir den Gefallen, flüsterte sie beim Zustecken des Scheins, bring für mich noch 'ne Flasche Wodka mit, Smirnoff am besten. Bei meiner Rückkehr lehnte sie die Annahme der beträchtlichen Restsumme als den mir zustehenden Botenlohn ab – meine Proteste ignorierte sie. Komm nachher ins Alamo, sagte sie mit selbstverständlicher Vertrautheit – ich muß dir etwas Wichtiges erzählen.

Zeichneten sich hier etwa die Konturen eines möglichen Jobs ab? Diese Handvoll Dollar waren mein erstes selbstverdientes Geld in Amerika. Das ging wirklich leicht und schnell. Und was immer die zwei in ihrem mageren Laden durchzogen, sah auch nicht gerade wie schwere Tätigkeit aus. Aber nach welchem Prinzip lief die Chose, mit welchen Gegenleistungen? Das Thornton-Rätsel wurde nicht einfacher dadurch, daß ich noch zwei Beobachtungen gemacht hatte.

Die Besucherinnen bekamen doch etwas in die Hand gedrückt – kleine Blöcke mit fahrscheinähnlichen, vom Wert her für mich allerdings uneinschätzbaren Coupons mit dem Aufdruck »Der Rote Rosen Tempel No. 2«. Und beim Herausgehen warf manche Kundin einen kurzen Blick auf die Reihe von mir bislang unbeachteter Pokaltrophäen und Kristallfigürchen, wie Preise beim Schützenfest oder Wettangeln auf weißem Tuch in einer Raumecke dekoriert. Ich kehrte ins Hotel zurück, um mein Zimmer auf unbekannte Dauer weiter zu mieten. Endlich eine Geschichte, dachte ich, die mich von diesem erfahrungsarmen Touristendasein erlöst.

Nach Büroschluß holte ich Rozanne vom Laden ab. Den Oberkörper in eine schwarze Strickstola gewickelt, begrüßte sie mich wie einen Beistandsgenossen für ihr Leidensprogramm, als dessen nächster Anlaufpunkt unweigerlich das Alamo wartete. Es war schwierig, mit ihr ein bißchen in Fahrt zu kommen – die der Mutter im stummen Protest über Stunden entgegengehaltene Miene hellte so schnell nicht auf. Ungeachtet ihrer trüben Stimmung lenkte ich das Gespräch auf die Arbeit im Laden.

Ein Wettbewerb, sagte Rozanne, weiter nichts.
Was für ein Wettbewerb?
Ein Schönheitswettbewerb.
Ein Schönheitswettbewerb – in diesem Lädchen? Für was denn, für wen?

Der Baby Beauty Contest, sagte sie mit verächtlich langgezogener Betonung jedes Wortes.
Ein Schönheitswettbewerb für Babies.

Außerstande die Angelegenheit denkerisch richtig einzuordnen, wiederholte ich die Worte mehrmals, als wären sie der seit langem wichtigste mir zu Ohren gekommene Begriff, der Baby Beauty Contest. Obwohl mitten im Geschehen, fehlte mir von so einer Schönheitskonkurrenz jede Vorstellung – außer albernen Bildern von ziffertragenden, über Laufstege robbenden Babies, von stolz hochgehaltenen Säuglingen mit extralangen Beinen, von Kleinkindern, die unverständliche Laute in den Saal krächzten. Und dafür gekürt würden mit Blumen, Blitzlicht und goldigen Schärpen.

Ich sah nicht schlecht aus damals als Baby, sagte ich, ein androgynes Blondchen, mit schönen Locken bis auf die Schultern.
Vergiß es, sagte Rozanne.

Aber was war mit den Kundinnen? Ich dachte an die jungen Ehefrauen und Mütter, an das bürokratische Gehabe der beiden Thorntons, das Getuschel am Tisch. Und an das abgelieferte Geld, hunderte und aberhunderte von Dollars in einer Nachmittagsstunde.

Das Geld geht in den Wettbewerb, sagte Rozanne.
Und danach?

Es blieb auch danach im Wettbewerb. Mutter Thornton veranstaltete diese Konkurrenzen seit Jahrzehnten in verschiedenen Städten, besonders gern in solchen wie Oklahoma City – und zwar immer dann, sagte Rozanne, wenn sie wieder mal pleite ist. Das liefe für einige Wochen umsatzmäßig und auch sonst ganz gut, am Ende gäbe es für den Gewinner eben Titel wie Prinzessin und Prinz, aufgeteilt in Kategorien bis 12, 24 oder 36 Monate, männlich, weiblich, Zwillinge extra. Als wir das Alamo erreichten, hatte ich das Gefühl, daß durch Rozannes Erklärungen wesentliche Fragen unbeantwortet geblieben waren. Handelte es sich bei ihrer dort aus dem Kneipendämmer schimmernden Mama um eine abgefeimte Gaunerin oder um eine geschäftstüchtige alte Dame der Show-Branche?

Das wissen die meisten Sheriffs auch nicht so genau, sagte Rozanne.

Empfangsbereit wie eine offensiv gelaunte Moderatorin saß Mutter Thornton vor ihrem Whiskey-Set und winkte uns mit optimistischem Lächeln zu sich. Was für einen Unterschied doch ein einziger Tag machte. Sie war prima in Schwung und absolut in der Lage, die in unerwünschte Richtung zielenden Fragen umstandslos aus der Unterhaltung herauszunehmen.
Oh boy, sagte sie, ein ruhiges, schönes Geschäft, ein gottgefälliger Selbstläufer, worüber nach Feierabend kein Wort mehr nötig ist.
Und diese vielen Frauen im Laden?
Hör zu, Junge – wir tun etwas für sie, wir geben ihnen Gelegenheit, ihre Gefühle angemessen auszudrücken, okay?
Offenbar betrachtete sie mich als gerade gefundenen, anpassungsbereiten Freund, von dem sie grundsätzlich Zustimmung erwartete. Andernfalls hätte die Bekanntschaft aus ihrer Sicht vermutlich keinen Zweck.

Ich habe eine Neuigkeit für euch, sagte sie und legte ihren Kopf leicht pathetisch in den Nacken – ich bin fest entschlossen, sofort wieder zu heiraten.

Das gibt's nur in Amerika, dachte ich, steht im Gesetz, das Recht auf Glück, auch auf das schnelle Glück.

Und was sagt ihr nun?

Mutter Thornton erwartete keine Antwort. Mit der rhetorischen Frage öffnete sie nur den Raum für die folgende Geschichte, eine ausführliche Würdigung des neuen Eheanwärters, ihrer Nummer sechs. Heute mittag habe ich ihm eine message geschickt, erklärte sie, und morgen muß er hier sein, morgen abend oder nie.

Der Blitzkandidat hieß Henry, ein alter Geschäftsfreund, und wohnte in Fort Worth, Texas, zwei Flugstunden entfernt. Er sei der einzig Richtige, natürlich unverheiratet, aber er habe ihr seit 25 Jahren immer wieder Anträge gemacht – hinter dem Rücken seiner herrschsüchtigen Mama.

Und jetzt bin ich für ihn bereit, sagte sie und straffte ihren mächtigen Altfrauenbusen – I'm ready, genau jetzt.

Nach der ausführlichen Würdigung ihres Zukünftigen lehnte sie sich selbstgewiß und erwartungsvoll zurück, als rechnete sie nun doch mit einigermaßen akzeptablem Zuspruch. Aber was sollte ich dazu sagen? Auch wenn Mutter Thornton mich bereits den zweiten Tag in Erstaunen versetzte, kamen mir erhebliche Zweifel an ihrem Vorhaben. Wie könnte in diesem Fall ein Mann binnen 24 Stunden etwas zustande bringen, was ihm zuvor in 25 Jahren nicht gelungen war?

Ganz einfach, sagte sie, käme er nicht, so wäre der letzte Satz im Telegramm auch das letzte, was er in diesem Leben von mir hören würde – zeig mir, was du bist, Mann oder Maus.

Am nächsten Abend um die gleiche Zeit stand Henry im Alamo und plierte in die Runde.

Das Warten auf den Bräutigam war jedoch unter ziemlich nervöser Anspannung verlaufen. Soweit ich mich erinnere, hatte ich die Thorntons nach dem Heirats-Gespräch in ihr Doppel-Appartement ins Towne-House begleitet, ihrem Quartier. Die Mutter, uns gegenüber vollkommen überzeugt von Henrys Erscheinen, suchte die Antwort auf die ihrer Meinung nach einzig offene Frage im Kleiderschrank – was zum Teufel soll ich morgen bloß anziehen? Um das dem Ereignis angemessene Kostüm nebst der passenden Unterwäsche für die kommende Nacht im Sheraton herauszufinden, war sie bis zum frühen Morgen zwischen Schrank und Bad hin- und hergelaufen. Was sich leider störend auf meine Versuche auswirkte, mit Rozanne in der Baby-Diskussion Fortschritte zu machen.

Denn noch immer fehlte mir der entscheidende Hinweis darauf, wie die Thorntons die Titelgewinner bestimmten. Mit Hilfe einer Jury, per Wahl, oder wie sonst? Die Kleinen sollten von so einem Wettbewerbsdenken noch eine Weile verschont bleiben, sagte ich, außerdem kämen Säuglinge angeblich alle gleich schön zur Welt. Überraschenderweise hatte Rozanne den Rote Rosen Tempel verteidigt. Bei uns, sagte sie, sind die schönsten Babies die, auf deren Namen die meisten Dollars eingezahlt werden – wir verkaufen den Müttern die Coupons, die Säuglinge mit der höchsten Punktzahl stehen am Ende als Sieger oben auf der Liste. Darauf also basierte das Thorntonsche Geschäftsprinzip – hier machte nur das angeschleppte Geld schön. Die elterliche Zahlbereitschaft würde auf unbewußte Weise das Ego der Babies stärken, meinte Rozanne, sie wisse das als Mutter zweier allein in Kalifornien zurückgelassener Kleinkinder genau. Leise weinend legte sie sich auf ihr Bett. Nur langsam wurde mir bewußt, daß meine Hartnäckigkeit uns in eine schwierige Situation gebracht hatte. Später fragte ich sie vorsichtig – wo wäre denn der dazugehörige Vater oder Ehemann? In einer anderen Welt, sagte Rozanne, bei acht Bier und zehn Joints am Tag. Ich rechnete den Verbrauch rasch nach und sagte, nein, es ist noch dieselbe Welt.

Henry, den Mantel offen, das Hemd in den Hosenbund gewurstelt, stand im Alamo auf nicht allzu festen Füßen und mit offenbar schlechter Sicht. Er war gerade im Begriff, sich der erstbesten Gästegruppe anzuschließen, als Mutter Thornton ihn entdeckte und mit lauten Rufen zu ihrem Platz an der Bar dirigierte. Dort umarmten sich die beiden, nahmen wieder etwas Abstand, lächelten sich aufmunternd zu, um sich erneut zu umarmen und wieder zwei Schritte auseinanderzugehen. Für Momente sah es danach aus, als sei ihnen der Grund für dieses Zusammentreffen entfallen. Mutter Thornton erklomm wieder ihren Hocker und überragte nun ihren Geschäftsfreund noch auffälliger als zuvor. Der Mann, so um die Fünfzig, war auf undefinierbare Weise in mehrfacher Hinsicht benachteiligt und mehr als einen Kopf kleiner als sie. Er konzentrierte sich voll darauf, im Stand eine ordentliche Figur zu machen, wobei das unerschüttert beibehaltene Dauerlächeln seinen Zustand eher verdeutlichte – über Stunden nicht entfernte, weißliche Speichelreste klebten in seinen Mundwinkeln, ein Flachmann lugte aus der Manteltasche. Nur wenige Worte fielen, happy, so happy, und ein melodisches here we are, wobei er mit schlackerndem Rumpf den rechten Arm hob und mit den Fingern schnippste. Als Mutter Thornton den Blick von ihm abwendete und nach einem Seufzer ihren Drink leerte, ruckelte Henry einige Male unschlüssig nach rechts und nach links. Er schien fürs erste erschöpft und suchte Erholung an der Bar, wo er seine Arme über den Tresen legte und den gedrungenen Oberkörper nachsacken ließ – nur drei, vier Plätze von ihr und mir entfernt.

Oh boy, sagte Mutter Thornton, da hat seine Mama ihm aber wieder mächtig Ärger gemacht, dem guten, alten Henry.

Als ich mich am nächsten Morgen von Rozanne verabschieden wollte, herrschte bereits enormer Andrang im Laden – es ging in die Endphase des Wettbewerbs. Wieder schaute ich in die ernsten Gesichter der einzahlenden Frauen. Der Blick auf die fotokopierten Tabellen machte ihnen klar, wie stark sie sich für ihren Nachwuchs einsetzten – hinter jedem Namen stand die bisher erreichte, exakte Dollarsumme, vom Spitzenreiter bis zum letzten Baby. So trieb ein scheinbar irregeleiteter Ehrgeiz die Frauen zwar in eine sinnlos teure Farce, nahm ihnen aber zugleich das flaue Gefühl, ihren Kindern in Wirklichkeit nicht genug geben zu können. Den Siegern im Rote Rosen Tempel No. 2 winkte eine festliche Bühnen-Zeremonie mit Publikum und manchmal sogar dem Bürgermeister, die Fotos davon blieben fürs spätere Leben. Mutter Thornton trat dabei als fernsehhafte Glücksfee auf, ohne darüber hinaus auch nur die geringste Verpflichtung eines Gewinnspiel-Veranstalters eingegangen zu sein – eine aus ihrer Sicht tatsächlich perfekte Idee, ein Entertainment wie im alten wilden Westen, die Reinform des Showgeschäfts. Auch an diesem Morgen saß sie an der Kasse und zog wie gewohnt die Scheine über den Tisch – für mich etwas überraschend.

Und Henry?

Schon abgereist, sagte die Mutter.

Was für einen Unterschied doch eine Nacht machte. Gestern abend war Henry mir oft um den Hals gefallen, hatte immer wieder Auf Wiedersehen, Auf Wiedersehen in meine Ohren genuschelt, und sich, bevor die beiden ins Hotel verschwanden, mit festem Trinkergriff an mich geklammert – oh yes, Heidelberg, oh yes, in the Army, oh Weserbergland and Rheinmain. Henry erinnerte sich gern dieser deutschen Orte.

Nur eines solltest du zum Schluß noch wissen, flüsterte mir Mutter Thornton beim Abschied ins Ohr, er durfte mich die ganze Nacht lang nicht ein einziges Mal küssen.

Gutgeschriebene Verluste

Seit Ende des vergangenen Jahres bin ich im Besitz des Armenrechts; zu Beginn desselben Jahres hätte ich diese Tatsache nicht für möglich gehalten. Armenrecht bedeutet jedoch heute weder, arm in der schlichten Tiefe des Wortes zu sein, noch heißt es, Recht in der Vielschichtigkeit dieses Begriffs zu erhalten. Es handelt sich nur um die juristische Umschreibung der überprüfbaren und zu einem bestimmten Zeitpunkt wirklich überprüften Einkommensverhältnisse einer Person. Das Armenrecht bekommt jemand in einem gesonderten Verfahren zugesprochen, bevor er einsteigt in Prozesse, die er sich nicht leisten kann, sich aufgrund des ausgeprägten Gerechtigkeitssinns des Staates aber leisten können sollte. Einkommensschwache dürfen damit kostenlos prozessieren, gewinnen und eben auch kostenlos verlieren. Das kostenlose Verlierendürfen ist der interessante Aspekt. Jeder Armenrechtler könnte sich demzufolge einen Mißstand aussuchen, mehrere gar, und die Republik mit einem Netz risikoloser Prozesse überziehen, alles umsonst.

Aber ich will hier keine weiteren rechtsphilosophischen Überlegungen anstellen, und ebensowenig soll im Folgenden eine kunstfigurenhafte Als-ob-Geschichte nacherzählt werden. Ausnahmsweise möchte ich von vornherein klarstellen, die Person, von der hier die Rede ist, bin tatsächlich ich; ich selbst also habe seit Ende des vergangenen Jahres Armenrecht und habe mich an den Zustand inzwischen sogar einigermaßen gewöhnt. Ich bin Schriftsteller, Ende dreißig, mittelblond und mittelgroß, kinderlos (offiziell), ohne Aktien- oder Grundbesitz und lebe in einem Hamburger Sanierungsgebiet. Das vergangene Jahr über saß ich in einem Abrißhaus und arbeitete an meinem ersten Buch, einem Buch, das weitgehend aus Fragmenten bestehen würde. Wenn es eine Analogie von Wohnform und Schreibform gäbe, dann schriebe man vermutlich als Untermieter Lyrik, Stories in Apartments und in Lofts und Häusern Romane; ein Trebegänger müßte sich mit Aphorismen begnügen.

Erst in den Trümmern des Hauses lernte ich übrigens drei der Mitmieter kennen, unübersehbar letzte Verbleibende nun und über ihr Ausharrungsvermögen hinaus allesamt durch das Arbeitsgebiet Literatur verbunden – ein Comic-Autor mit Selbstverlag, eine Italienischübersetzerin, sehr apart, und ein Buchhändler (Buch- und Spielecke am Kennedy-Platz). Eine wesentliche Rolle spielten zur Zeit des Armenrecht-Urteils zwei Frauen – meine Freundin Simone, Anfang Dreißig, geschieden, Sozialpädagogin, und eine mir länger bekannte Frau, Frau Erika Dallmann, Anfang Fünfzig, selbständig, beide wohnhaft in Hamburg.

Dennoch befand ich mich im Laufe des vergangenen Jahres mehr und mehr in Isolation. Jener Vorbuch-Zustand ist von einem hohen Maß an Entrücktheit und leider auch notwendiger Ignoranz nach außen hin gekennzeichnet. Die Bindung an die Arbeit bestimmt die Lebenssituation in unvermuteter Intensität. Der Autor steht in einem für andere höchst rätselhaften Bezugssystem, er konzentriert sich fortwährend auf einzelne Zeilen, Sätze, Wörter, gleichgültig, ob nun selbstverfaßt oder in Beziehung zum Selbstverfaßten. Er sitzt an seinem Schreibtisch und sagt,

Amplifikation, Amplifikation, laut und leise, er liest und liest nach, er denkt präzise herausgehoben, Amplifikation – ist natürlich selbst für Schnelldenker und Klugscheißer 'ne gemeine Hürde, bleibt aber bis auf weiteres so. Nächster Absatz, vierte Zeile, das Papier zeigt dem Autor längst ein neues, wiederzukäuendes Wort, Schühchen, Zusatz besitzanzeigendes Pronomen ihre, ihre Schühchen also. Schühchen, gibt's die eigentlich? Nein, heute nicht mehr, Schuhe gibt's, Kinderschuhe auch, Kinderschühchen wär' schon dumm. Wer sagt das wann, wie und warum? Und wem sagt er das wann, wie und warum? Gut, ein Mann sagt dies, bezogen auf eine Frau, also der und die, alles klar. Worin liegt noch einmal genau der Zusammenhang, der Bezug der Aussage zum Ganzen und zum Kern. Der Ablauf muß wiederholt durchmemoriert werden, Vorlauf und Rücklauf, das Wort muß im ergänzenden Verhältnis zu allen anderen Worten stehen. War jene Verkleinerungsform, auch Verniedlichungsform, wirklich gewollt und angemessen? Sollte der Mann das in der Absicht sagen, um in dem Augenblick eine Bedrohung durch die Frau abzuschwächen (kairos), oder ginge es um die Abmilderung eines zurückliegenden Verletzungsschmerzes (chronos)? Jeder will wissen, wie die Menschen sind. Ein notorischer Abwiegler oder ein Wundenlecker? Ein Düpierter, der einmal reingelegt wurde? Und der nun weiß, daß er reingelegt worden ist? Oder von dem wenigstens der Autor es weiß? Sollte es sich dabei durchgängig um die gleiche Ebene handeln, und wenn nein, würde trennscharf klar, warum der Mann, der ihre Schühchen sagt, sich auf einer anderen Ebene befindet oder sich noch auf einer anderen Ebene befindet als der Autor?

Der Autor erhält einen mit Restaurantmusik unterlegten Anruf und sagt, Simone, bitte, Simone, jetzt nicht. Solche Anrufe können eine gute Nacht bedeuten. Solche Anrufe können aber auch bedeuten, daß die Frau aus einem Flirt heraus den geliebten Autor mit der Absicht anruft, er möge sie aus ihrer bereits weit vorangetriebenen, aber unerwähnt bleibenden Verstrickung noch erlösen mit einem einzigen Wort. Nein, sage ich zu Simone, und sie geht zurück an den Tisch oder zu irgendwem an der Bar mit nunmehr ein wenig geringerer oder ein wenig größerer Lust zur Fortsetzung. Anderes kann ich im Augenblick nicht tun.

Zwei Männer spielten in diesem für mich so wichtigen Jahr eine besondere Rolle; der eine, ein alter Freund, Uwe-Jens Karow, Journalist, mehr zu Beginn, der andere, Karlheinz Christians, in dessen späterem Verlauf; beide wohnhaft in Hamburg. Christians war Rechtsanwalt und wurde mir von Uwe-Jens Karow im Restaurant »Strada« vorgestellt, einem interessanten, von autonomen Suppen- und Brotwerfern noch unbedrohten Lokal. Hier köchelte allabendlich eine Männerrunde in jener verbindlichen Wärme, die eine schon schräg stehende Junggesellensonne noch einmal entfacht; sie alle Füchse nun, die nur mehr schnüren und denen in aller Kürze die halbe Flasche Rotwein daheim genug sein dürfte. Christians arbeitete offenbar erfolgreich. Er vertrat etliche der hier anwesenden Meinungsmanager, Berufssportler und kulturellen Etatzockerinnen. Der Mann war mir sofort sympathisch – obwohl seit Jahren nichts zu verhandeln anstand, hielt ich immer Ausschau nach guten Anwälten. Allein das Diagonallesen der Ortspresse vermittelt doch täglich den Eindruck, Stadt, Staat und Gesellschaft stellten insgesamt nichts anderes dar als ein juristisches Konstrukt. Und schneller als vorhersehbar wurde auch ich ein Teil davon. Deshalb fühle ich mich heute Christians gar näher als je zuvor, so nahe eben wie einem, der mit Hoffnung besetzt ist.

Was ich im vergangenen Jahr in bezug auf die Arbeit erlebte, wäre ohne Pathos als sich ausdehnende Phase einer ständig gesteigerten Askese zu bezeichnen; zugunsten des zu Schaffenden verzichtete ich zunehmend auf Ablenkungen, auch auf die Besuche im »Strada«. Mein Platz war durchweg der am Schreibtisch, und dort fand sich jener Satz von ihren Schühchen wieder ein. Der Ausdruck, bereits vor Monaten gewählt, mußte und sollte bei jeder neuerlichen Beschäftigung vom veränderten Bewußtsein gewertet werden. Nach wie vor steht der Mann, der ihre Schühchen sagte, in engem Zusammenhang mit diesem und jedem Wort, das seinerseits fällt. Es hätte wenig Sinn, ihn als nützlichen Idioten darzustellen, um sich bei irgend jemand damit einzuschmeicheln. So weit vom Autor kann er nämlich nicht entfernt sein. Also streichen, verändern, ersetzen? Hat nicht wer-noch-gleich nur linke Frauenschuhe gesammelt? Der große Meister aus Weimar, richtig, hat er gemacht. Das wäre nichts Neues, Schuhe von erwachsenen Frauen, ebenso von heranwachsenden Frauen, lösten etwas aus beim Manne. Aber hier geht es nicht um den traditionellen Fetischismus, der die Erinnerung an einen ganz speziellen Moment auf ewig im Ding bewahrt sehen will – im Falle weiblicher Bekleidungsstücke wahrscheinlich auf den Moment des Ausziehens dieses Dings. Auch steht im Manuskript nicht linke Schuhe, was ja als differenziert-verschlüsselte Bewunderungsgeste sogar noch hinginge. Diese Fetischismusdebatte im Kopf führt jetzt aber doch in die falsche Richtung, absolut unpassendes Idolisierungszeugs an der Stelle. Diese ihre Schühchen könnten im Umkehrschluß viel eher eine aktuelle Problematisierung, eine Gegnerschaft anzeigen – in die Verkleinerungsform zurückgenommen und daher als besonders spitz gedacht. Handelt es sich demnach um eine Minimal-Aggression jener Frau gegenüber? Einer auch nachvollziehbaren? Dazu ewiggestrig auf Wirkung hoffend und mit dem Nachschuß einer unernst gemeinten Silbe die männliche Position ironisierend?

Nein, nein, diesbezüglich hört und liest man doch niederschmetternde Aussagen überall. Bloß nicht schon wieder Ironie, diese schüttere Verkleidung der Verzweiflung, Ironie erschwert das Verständnis einfachster Sachverhalte. Sie ist der Wurm in den Worten, sie beißt nicht mehr, sie ist eine eher schwächliche Abwehrform. Also nur ein Anflug von Gegenwehr in einem Wort? Eigentlich dürfte der Mann Schuhe nicht verniedlichen – nach allem, was so gelaufen ist. Vielleicht aber sieht er sich in den kleinen Gegenstand gezwungen, tobt sich quasi in dessen Wörtchen aus. Warum geht er nicht schärfer ran? Will er sich als belehrtes Opfer aufführen, womöglich als sogenannter Betroffener vom Feminismus im Haushalt? (Schuhe!) Dann spräche der Mann aus der Verunsicherung heraus, er sagt zwar Schühchen, weiß jedoch genau, es sind Frauenschuhe, grüne oder blaue Treter etwa, mit Gummizug in der Öffnung, wie von Simone am Straßenrand weggekauft. Naheliegenderweise zeigt der gewählte Diminutiv vielleicht nur die räumliche Perspektive an, ihre, weil sich entfernenden, tatsächlich kleiner werdenden Schuhe. Der Mann empfände somit in dem Augenblick die langsam wachsende Entfernung, berechnete gar auf ihn dadurch zukommende Verluste, vorzugsweise ebenfalls verkleinernd, selbstbesänftigend bis durchtrieben geschickt – nicht eine Frau verliert sich am Horizont, nicht ihre noch zu betrachtenden Beine, nicht einmal die Hacken von Frauenschuhen entschwinden, sondern Schühchen. Hatte der Mann demnach das Gefühl, die Dinge liefen an ihm vorbei oder ganz von ihm weg? Hatte der Autor selbst das Gefühl? Wenn ja, wäre sowohl seine Frustration in der Verniedlichung gebunden als auch eine Möglichkeit der Billigung in jener festgestellten, perspektivisch erfaßten Entfernung enthalten. Handelt es sich somit, aufs Ganze gesehen, um einen mysogynen Feministen? Was sagen die Wissenschaften? Was verlautbart die Trivialpublizistik zu solchen Spagaten? Wer sollte schließlich die Leistung benoten? Welche Instanz wäre entscheidend – die Sprache, der Autor, die Kundschaft? So vergingen die Tage, die Wochen.

Aufgrund der intensiven Arbeit besuchte ich Frau Dallmann nur selten im Laufe des vergangenen Jahres. Die Verbindung zu dieser Frau hielt ich seit einem Jahrzehnt zwar mit einigem Sträuben, doch auch mit Regelmäßigkeit aufrecht. Sie führte in einer Vorortvilla ein Luxusaltersheim für Herrschaften aus Industrie und Handel, wobei sie privat für sich und ihre zwanzig Katzen den Souterrain als Wohnlandschaft ausgestopft hatte – insgesamt ein Biotop, dessen einmaliges Betreten vielen Besuchern mehr als ausreichte. Gemütsmenschen ließ der besondere Grusel dieser Dienstleistung erschaudern, weniger Naive betrachteten Frau Dallmanns Gewerbe als einträgliches, doch dubioses Geschäft. Die Last ihrer Aufgabe blieb jedem spürbar, niemand konnte sich der Präsenz von 24 greisen Hausgenossen entziehen; Pension Elbblick, so der leicht vernebelnde Name des Seniorenheims. Aus einem Nachtclub heraus hatte mich vor Jahren eine junge Frau dort spontan eingeführt. Sie hieß Isabel, war die engste Freundin von Frau Dallmann und lebte im nicht vermietbaren, nicht brandgesicherten Kellertrakt der Villa. Fortan lagen die blonde Isabel und ich mit heißer Brust jenseits der eisernen Feuertür, über der auf einer Zahlentafel allnächtlich die Zimmernummern jener oben versammelten Vergänglichkeit aufflackerten, fünf, acht und elf. Natürlich nahmen wir bald eine eigene Wohnung. Isabel zog es jedoch bei jeder Krise zu ihrer Freundin zurück, ich folgte und pendelte in immer kürzeren Abständen zur immer heftiger krisengeschüttelten Liebe ins Altersheim. Meine Bindung an das Haus wuchs, bis Isabel das System endgültig unterbrach und unerreichbar aus der Stadt verschwand. Seitdem hielten die Zuneigung zur abwesenden Isabel mich und Frau Dallmann beieinander. Auf Isabels Rückkehr hoffend, machte ich häufig Besuche im Haus, bekam auch bald meine Suppe und Schnittchen vorgesetzt oder eine Pille nach Wunsch; ohne regulierende Drogen ist der Aufenthalt in einem Altenheim für die meisten Beteiligten kaum vorstellbar. Lange Jahre galt mir Frau Dallmanns Bekanntschaft als Zeichen meiner Anhänglichkeit an Isabel, als Verbindung ins Ungewisse. Heute ist mir klar, daß von einer großen Leidenschaft nicht Trauer, Schmerz und Erinnerungen zurückbleiben, sondern konkrete Orte und konkrete Personen. Und in meinem Fall heißt das, daß ich von dem, was ich einst liebte, das denkbar Unangenehmste ins weitere Leben mitnahm.

Erst in jüngster Zeit, nachdem von Isabel kaum mehr die Rede war, schob sich ein neuer Faktor in meine Beziehung zu Frau Dallmann. Ohne erkennbare Notwendigkeit plante sie, die Pension Elbblick zu renovieren, und brauchte Geld. Sie brauchte ständig Geld, was bei den rechnerisch enormen Einnahmen des Hauses keiner verstand. Wenn sie über die Geschäftslage klagte, wurde das als Signal des schlechten Gewissens begriffen, die letzte Hinfälligkeit derart hochgepreist auszubeuten. Ebenfalls ungläubig reagierten andere und ich auf ihre permanenten Lösungsstrategien, ihr für manch Außenstehenden recht verständliches Dauerthema. Von der Last war wenig zu sehen (Särge nie, ein Tabu – ich bekam das Erstzugriffsrecht auf nachgelassene Bücherbestände). Trotz Frau Dallmanns Bemühungen, mit dem Betrieb Schluß zu machen, war die allgemeine Ansicht, sie käme niemals los von ihrem Haus und der wackligen Schar, sie entlaste sich nur kurz mit jedem neu aufgeworfenen Lösungsplan.

Noch jetzt sehe ich den logischen Aufbau für meine Handlungsweise. Es schien alles klar zu sein, und klar schien auch, daß ich spätestens bei Erscheinen meines Buches nachprosaisch pleite wäre und ein mir dann zurückgezahltes Darlehen höchst willkommen. Anfang des vergangenen Jahres gab ich auf ihre Bitte hin Frau Dallmann sechzigtausend Mark, das gesamte Geld, das ich besaß. Wir machten einen Vertrag – auf meinem Briefpapier –, und sie zeigte mir ein, wie sie es nannte, Brillantcollier, das nach nichts aussah und als Sicherheit festgeschrieben wurde. Die Aktion, sagte ich im Scherz zu ihr, würde zumindest meinen späteren Platz in ihrem Haus vorfinanzieren.

Mein Freund Karow, stets Karo genannt, war der einzige, mit dem ich die Gewährung des Darlehens ausführlich diskutierte. Auch er besuchte Frau Dallmann gelegentlich – nach Einführung durch mich – und kannte inzwischen womöglich Betrieb und Seelenhaushalt besser. Überhaupt kein Risiko, so befürwortete er die Kreditvergabe ausdrücklich, die Gesellschaft produziere doch jederzeit reiche Senioren in großer Zahl. Über meine Arbeit, die ja nun in ihre schwierigste, letzte Phase ging, sprachen wir so gut wie nie. In dem Zusammenhang sagte er nur, es sei vermutlich nützlich, mittellos ans Schreiben heranzugehen, kein Sicherheitsbedürfnis und ähnlichen Denkballast im Kopf zu haben – ohne Geld formulierst du einfach schärfer.

Daß Karo mich zunehmend seltener besuchte, konnte nicht an den wüsten Folgen meines Hausabrisses liegen. Sein Interesse an mir schwand offenbar. Den Job geschmissen, arbeitete er um so intensiver an privaten Themen – Yacht und Südsee, Range Rover und Wüste, Haus und Insel, alles lange bekakelt, und dann vorbei und weiter. Im Zuge seiner Selbstfindung konzentrierte er sich neuerdings auf ein zentrales Motiv, diesmal hartnäckiger als sonst. Bei einem unserer letzten Gespräche druckste er wiederholt etwas von einem Kind, das jetzt her müßte, ein Sohn möglichst. Er schaute mich dabei verunsichert an, als könnte ich ihm das Vorhaben verbieten. Sicher überraschte mich mein alter Partybruder, wobei er zum Glück nicht verstiegen faselte wie andere bei derselben Angelegenheit. Nein, Karos Begründung machte die Sache ernst. Die Familie wünschte einen Erben, zusätzlich zu ihm, was mir durchaus einleuchtete. Vor allem sein Vater wolle dies dringend. In gequält scheinender Bereitschaft dachte Karo, in der Hinsicht auch tätig zu werden – notfalls, wie er sagte, würde er eine Leihmutter für die entsprechende

Leistung angemessen bezahlen. Warum um jeden Preis ein Kind, hatte ich gefragt – willst du denn wirklich mit 'nem Drachen die Elbwiesen rauf und runter laufen? Eigentlich nicht, sagte er, aber ich bin es meinen Eltern schuldig, ich brauche ein Kind.

In Karos Fall wäre es besonders hartherzig gewesen, Vaters Enkelwunsch nicht zu befolgen; der alte Herr galt als millionenschwer und als schwerkrank obendrein. Er wechselte die Herzschrittmacher wie früher Autos, so daß sein einziger Sohn täglich mit dem Schlimmsten rechnen mußte. Mein guter, lieber Freund saß vor meinen Küchenresten und war praktisch mit einem Bein Millionär – oder wie anders sollte ich seinen Zustand begreifen? Ein Großteil des Wirtschaftsgewinns bleibt eben neben uns irgendwo im Land. Worauf wir auch blicken in der Republik, auf brüchige Häuser, auf dünnes Nähgarn oder die frische Nachfärbung eines Baumwollhemdes, stets kumulieren acht- oder zehnstellige Unternehmergewinne, übertragen sich auf Kinder, Enkel, märchenhaft. Wenn ich in Rundfunkstationen Fragmente aus meinem Buch für Literatursendungen vorlas, schaute ich auf nervtötendes Furniermuster, Karow hier wie dort, Karos Vater hatte als Monopolist für öffentlich-rechtliche Studioausstattungen reichlich Holz zusammengenagelt.

Wieviel will er denn anlegen, sagte Simone, die diese Art der Lösung von Karos Problem lächerlich fand. Tatsächlich hatten wir Möglichkeiten durchgerechnet, aktuelle und verflossene Freundinnen in Überlegungen einbezogen, die ihm den Solostatus plus Wunschkind sichern könnten. Sein Vorhaben eilte mehr und mehr. Schneller als in neun Monaten geht es nicht, sagte Simone dazu im

Frühling; ungefähr derselbe Zeitraum, den meine Arbeit noch brauchte. Ein Mann wie Karo imponierte Simone wenig, ihr imponierte nur selbst und am besten leicht gemachtes Geld. Aber alle Versuche von ihr, Karos Taten jetzt bereits als degenerierte Fußnoten eines Jungmillionärs abzutun, blockte ich mit dem Hinweis ab, er sei mein einziger alter Freund. Und als er mir nur wenige Wochen nach den schweren Geburtsplanungen mitteilte, sein Vater sei nicht mehr am Leben, wies ich ihn selbstverständlich nicht darauf hin, daß damit auch der Zeugungsgrund für sein Kind gestorben wäre.

In der einzig aufregenden Jahreszeit, im Vorsommer, gab es Konzentrationsprobleme – im Sommer dagegen arbeitete ich wieder diszipliniert zwölf Stunden täglich, ausgenommen sonnabends. Nicht einfach, die Balance zwischen Geselligkeit und notwendiger Isolation zu halten, so wenig Störungen wie möglich zuzulassen – das gelang mit Ausnahme der schwer kalkulierbaren Überfälle durch Simone. Ich richtete mich vollends in der Beschäftigung ein, telefonieren, ja gut, nicht zu lange, dann jammern über Härte und Alleinsein. Wollte Simone mich daraufhin sofort besuchen, lehnte ich ab. Nur so kam ich voran.

Der Verzicht fiel mir keinesfalls leicht; Simones heiterer, stets einladender Charme bedeutete mir großen Lustgewinn nach dürren Zeiten. Anregend auch ihr offenes, hemmungslos phantastisches Bewußtsein, das sich heute mit einem Punker und morgen mit einem Topmanager zusammendenken konnte – dies galt es jeweils zu entwirren vor dem Kniefall in die Gedankenlosigkeit. Sie sei wie Quecksilber, sagte sie zu Anfang, und nur bei dauerhafter

Warmhaltung entsprechend bewegt. Aber wer schon beherzigt solche einfachen Aussagen? Niemals werde ich vergessen, wie wir uns auf einer Premierenfeier ihrer sozialtherapeutischen Theatergruppe kennenlernten. Simone machte die Regie und die Bar (BAT 7), so daß ich eine literarische Annäherung für richtig hielt, nämlich die, ihr in dem Trubel eine unsere Möglichkeiten betreffende Notiz hinüberzuschieben. Einer angesoffenen Italienerin, die mir ihren Kuli lieh, mußte ich in meiner überhitzten Verfassung unbedingt ein Dante-Zitat im Original aufdrängen, nell mezzo del camine di nostre vita..., woraufhin sie mir sofort eine Volksmund-Fassung zurückdeutschte, ... in der Mitte unseres Lebens lieben wir es, uns einen Bleistift in den Hintern zu stecken, si, si, signor. Meine späteren Nachforschungen ergaben, ihre Zitatversion war anderen Italienern völlig unbekannt. Dies alles lag Anfang des vergangenen Jahres drei Jahre zurück, inzwischen sind es vier. Und unter gewissen Aspekten betrachte ich mittlerweile diese Dante-Paraphrase als ein rüdes, ganz allein mir bestimmtes Orakel.

Aber auch heute glaube ich nicht, daß ausschließlich meine durch die Arbeit geknebelte Bereitschaft die weitere Entfaltung unserer Beziehung verhinderte. Anfang des vergangenen Jahres überraschte mich Simone mit der Ankündigung, von nun an zähle in erster Linie ihre Karriere. Da sie dies Ziel bereits seit längerem verfolgte, besaß der nun ausgesprochene Karrierewunsch den Charakter einer Vorwarnung an mich, der weniger und weniger zur Verfügung stand. Nach Streichung ihrer Planstelle wechselte sie in die freie Wirtschaft, in eine Musikagentur. Auch das klingt so, als wäre ich überdurchschnittlich mit vorhersehbaren Abläufen konfrontiert; allein es handelte sich um eine Tatsache (Fa. conzept concert). Anfangs schaute ich gelegentlich nach, ob im Wirbel zwischen Büro und Bühne Gefahren für sie erkennbar waren, und nicht zum ersten Mal sah ich die glänzenden Organisationstalente meiner Freundin – sie konnte keinen Mann lange unbeschäftigt stehenlassen. Ihr gefiel die neue Tätigkeit.

Nur Musiker verstehen mich wirklich, sagte sie wiederholt und erzählte viele kleine, undurchschaubare Backstage-Stories. Das irritierte mich zwar, doch zu diesem Zeitpunkt interessierte mich die aktuelle Musikszene nicht im geringsten. Um es kurz zu fassen – es wurden weit weniger Geschichten als befürchtet. Simone hatte es furchtbar schnell erwischt. Ein Klient der Agentur, eine alternde Rockrübe mit Hit, sah mir angeblich ähnlich, leider täglich mehr. Es gibt keine neuen Worte für diese Situation – Schluß, aus, Ende. Das realisiert sich doch in einem einzigen Moment. Ich erinnere mich jedenfalls deutlich an jenen Spätsommerabend des vergangenen Jahres, als ich, derangiert durch die Überarbeitung eines besonders dunklen Kapitels, im »Strada« auf sie wartete, empfindlich wie ein Haar. Viermal brachte Michel, der Keeper, das Telefon an unseren Tisch; zuerst ein Umleitungsangebot zum Treff mit den Agenturleuten, von dem Simone wußte, ich würde keinesfalls akzeptieren, danach Verschiebung auf später, dann mit schon metallischer Stimme Fahrigkeiten und erneute Verschiebung, schließlich die knappe Absage unserer Verabredung.

Grober Umgang, sagte Christians, rein rechtlich ein Scheidungsgrund – mit seinen Anwaltszoten überspielte er die weitreichende Bedeutung dieser Stunden. Später erzählte Christians ganz ernsthaft von einer Frau, um die er mit allen Mitteln kämpfen wolle. Wegen der Telefonate mit Simone nervlich angespannt, verfolgte ich seine von überraschendem Engagement zeugende Geschichte mit nur geringer Aufmerksamkeit. Offenbar hatte er sich in eine soeben aus dem Land gewiesene Mongolin verliebt und war, so hörte es sich an, sogar mitschuldig an dieser Ausweisung. Nun arbeitete er an einem Brief, der durch einen die Behörden überzeugenden Satz die Aufenthaltsgenehmigung für die Frau erreichen sollte. Ohne daß er mir ausdrücklich Besonderes zutraute bei der Wortfindung, probierten wir Varianten einfacher Einreise-Sätze – Ich liebe Frau On-Ton By-So Yamts aus Ulan Bator, Mongolei, und wir möchten so schnell wie möglich in der Bundesrepublik heiraten. Klarer und eindringlicher konnte das keiner ausdrücken. An diesem Abend hörte ich zum ersten Mal das Wort Ehetauglichkeits-Bescheinigung, ein, wie Christians meinte, gar nicht so leicht zu erlangendes Papier; ganz abgesehen davon, daß unter uns in der »Strada«-Runde vor Jahresfrist eine Heirat unter welchen Bedingungen auch immer als völlig ausgeschlossen galt.

Meine uneingeschränkte Aufmerksamkeit galt nunmehr der Vollendung des Manuskripts. Im Herbst saß ich vierzehn Stunden täglich am Schreibtisch, in alte Decken eingewickelt, den Blick durch neu entstandende Baulücken weiter gerichtet denn je – eine westliche Art der Selbstauflösung (kein Dalai-Lama-Witz). Der Abgabetermin nahte, das Etagengas schwand, die Abrißluden lächelten kalt: wir waren das nicht. Es eilte also. Zum wiederholten Male vergegenwärtigte ich mir die Situation einer meiner

Nebenfiguren, einer Geschäftsfrau, die ihrem Ehemann einen dezidierten Anstoß gab, so daß er zwangsläufig mir bedeutsame Handlungsteile auslöste und, letztlich in die Enge getrieben, kriminell geworden scheiterte. Größere Geldsummen waren im Spiel – aber stimmten vom Ablauf her die Motive? Im Zweifel an der Richtigkeit meines Entwurfs vergingen Stunden und Tage. Vorenthaltene Zuwendung, Geldgier, Abenteuerlust – welcher war der wesentliche Beweggrund jener Geschäftsfrau? Fiktive Figuren haben Verwandtschaft in der Wirklichkeit, eine meist komplizierte Verwandtschaft. In der Differenz zwischen einer real existierenden und einer fiktiven Figur liegt der Freiraum für die jeweiligen Gestaltungsabsichten. Und auch wenn sich durch den erzählerischen Prozeß die Verwandtschaft mit einem anstoßgebenden Menschen aus der Wirklichkeit mehr und mehr verlieren sollte, so kann er doch jederzeit wieder bewußt werden; der Schreibende, so weit meine Erkenntnis, umspielt gerade im aufkommenden Zweifel am Text immer aufs neue das Personal der eigenen, realen Erfahrung.

Unter höchster Konzentration überarbeitete ich die Entwürfe aus dem Vorjahr, bis mir bei jener Geschäftsfrau zunehmend deutlicher auffiel, wie viele Persönlichkeitsmerkmale und Verhaltensweisen von Frau Dallmann in meine Figur eingeflossen waren. Wieder und wieder las ich mit großer Aufmerksamkeit die betreffenden Manuskriptstellen, die zumindest suggerierten, daß die Frau ihren Ehemann schuldhaft und absichtsvoll in die unglückliche Situation gebracht hatte. Ich erschrak fürchterlich. Noch am selben Abend rief ich in der Pension Elbblick an, keiner nahm ab. Mich beruhigte zunächst, daß dies schon öfter passiert war – obwohl untersagt, blieben Haus und Bewohner mitunter unbehütet. Auch bei meinem letzten Besuch im Sommer hatte ich weder Frau Dallmann noch eine der Angestellten vorgefunden; statt dessen baten mich im Foyer zerstreute alte Damen um ein zusätzliches Abendbrot, weil sie das zwei Stunden zuvor verzehrte vergessen hatten. Alles lief normal zu der Zeit, und meine Bekannte erzählte erfreut von einem gerade neu einziehenden Kaffeeröster-Ehepaar allererster Güteklasse. Ebenfalls bei diesem letzten Besuch unterrichtete sie mich von ihrem neuesten Plan, dem Kauf und Umzug auf eine Ranch in Oregon, USA. Begeistert zeigte sie mir Skizzen des Areals, handgezeichnete Skizzen, und kleine Fotos von einem struppigen Waldstück, so daß ich annahm, okay, eine ihrer zyklisch wiederkehrenden Ausstiegsideen, kein Grund zur Sorge.

Doch auch in den nächsten Herbsttagen beschäftigten mich jene, diese Geschäftsfrau betreffenden Passagen. Abgesehen von ihrer Nebenwirkung war die Figur offenbar auch aus spielerischem Interesse entworfen worden. Je intensiver ich nun daran weiterarbeitete, desto klarer traten die damals unbeachtet gebliebenen, warnenden Hinweise vor der Heimtücke der Frau hervor. Endgültig frappierten mich die Rückschlüsse auf das lebende Vorbild. Ich konnte gar nicht anders, als den Impulsen zu folgen, die sich aus meinen eigenen Worten ergaben. Telefonisch kam ich allerdings bei der Pension Elbblick nach wie vor nicht durch. Mittlerweile war Zufall dabei auszuschließen. Was also tun? Bevor ich mich auf die umständliche Busfahrt hinaus nach Rissen machte, versuchte ich, im Bekanntenkreis etwas über die Situation um Frau Dallmann zu erfahren, ohne Erfolg.

Mit Karos Hilfe bei der Sache durfte ich kaum rechnen. Er saß seit dem Sommer auf seinem Bremer Erbteil und meldete sich nur mit wortkargen Postkarten. Nach meinem Eindruck ließ er sich sogar am Telefon verleugnen, als ich ihn in akuter Sorge anrief. Ungefragt erklärte mir seine Mutter, Karo wolle nicht nach Hamburg zurückkehren, er wolle sein altes Lotterleben nicht wieder aufnehmen. Aus der Distanz überraschte mich das schon. Ja, er habe sich endlich besonnen, so sie weiter, und sich mit einer Frau zusammengetan – es sei mit Nachwuchs zu rechnen, schon bald. Freimütig erzählte seine Mutter, was mir der alte Freund selbst nicht mehr erzählen wollte. Ich erkannte meinen Mangel an Verständnis; den Enkelwunsch seines Vaters hatte Karo nur vorgeschoben, eine Vernebelung des eigenen Wunsches, um Gegenargumenten von meiner Seite aus dem Weg zu gehen. Wer weiß, ob ich auf Dauer mit so einem Millionenerben klargekommen wäre. Er jedenfalls traute unserer Freundschaft nicht mehr zu, die von ihm beabsichtigten und die auf ihn zukommenden Veränderungen seines Lebens zu tragen.

Heute betrachte ich das Geschehen des vergangenen Jahres mit gewissem Abstand; heute liegt das Puzzle der Ereignisse vor mir wie ein Klarsichtkalender. Der regnerische Novembertag, an dem ich hinaus nach Rissen fuhr, spielt darin eine besondere Rolle. Schon vom Parktor aus sah ich, daß es mit der früheren Pracht der Elbvilla vorbei war. Es gibt einfach nichts Traurigeres als den Anblick eines verlassenen Altersheims für einen, der sein letztes Geld dort hineingesteckt zu haben glaubte. Diese Trauer drückte sich in den hin- und hergesandten Briefen der Rechtsanwälte nur unzulänglich aus. Ich hatte versäumt, mein Darlehen ins Grundbuch des Katasteramts eintragen zu lassen. Dieser Fehler machte es Frau Dallmann leicht, die Schuldsumme zu ignorieren und das so Ersparte zugunsten ihrer kostspieligen Umsiedlung nach Amerika zu nutzen.

Um die Zusprechung meines Armenrechts zu feiern, lud ich Karlheinz Christians kürzlich zum Essen ins »Strada« ein. Ohne seinen Kinnbart wirkte er ungeheuer frisch und um Jahre jünger. Du erinnerst dich an jenen Sommerabend, sagte er, als wir an diesem Tisch meinen Bittbrief mit dem Ausreise-Satz entwarfen. Der Abend habe ihm Glück gebracht – im nächsten Monat käme seine zukünftige Frau aus Ulan Bator nach Hamburg zurück. Wir rätselten lange an den Gründen für die schnelle und positive Entscheidung der Ausländerbehörde. Eine Verwirrung der Gesetzeslage, anwaltliche Sprachbegabung, das Wunder der Liebe oder was sonst?

Mein Leben dagegen verlor binnen des vergangenen Jahres spürbar an Gewißheiten. Nach Abschicken des Manuskripts fühlte ich mich zwar erleichtert, doch aufgrund der jüngsten Erfahrungen wuchsen die Zweifel an meiner beruflichen Arbeit aufs neue. Wie banal und kaum befriedigend mir diese Erkenntnis im Augenblick auch erscheint, so weiß ich heute besser als je zuvor, daß der Wert eines Satzes nicht allzu sehr von seiner sprachlichen Schönheit abhängt. Für diese These war der durch mein fatales Versäumnis unterbliebene, das Darlehen absichernde Eintrag im Grundbuch der Frau Dallmann Beweis genug: Ein Satz kann schlicht und einfach sein, wenn er nur zur rechten Zeit an der richtigen Stelle geschrieben und damit wirksam wird.

Passo Fundo

Vier, fast fünf Monate nach Erscheinen meines jüngsten Erzählungsbandes sah es sehr danach aus, als sollte sich die Resonanz in den gewohnt engen Grenzen halten. Kein Rezensionsregen, der tröstend in den Briefkasten fiel, keine militant aufgebauten Stapel in den Buchläden, und natürlich auch keine Gerüchte, daß es irgendein Gremium oder sonstwen danach drängte, meine Selbstzweifel durch eine offizielle Auszeichnung abzumildern. In schwachen Momenten hatte ich darauf so manches Mal gehofft – Ehrungen, noch dazu dotierte, machen einen Schriftsteller für eine Weile etwas weniger bemitleidenswert. Vielleicht schrieb ich nicht die richtigen Briefe an die richtigen Leute, vielleicht fehlte mir das nötige, genetische Profil oder einfach nur das sprachliche Glück, um für einen der nahezu täglich vergebenen Literaturpreise benannt zu werden. Auch war ich nicht links genug, daß eine Jury mich auf den rechten Weg hätte zurückloben wollen, und im bisher schmerzlichsten Fall scheiterte meine Nominierung gar an der Frauenquote – nach sechs Männern in Folge sollte es diesmal unbedingt eine Preisträgerin sein. Doch selbst wenn die flüchtige Lektüre der kleinen Gratulationsmeldungen in den Feuilletons mitunter Betrübnis oder gar zorniges Unverständnis nach sich zog, so dachte ich in der Frage wie wohl jeder Autor: Auf die Erreichung dieses Ziels kommt es bei meiner Arbeit letztlich nicht an.

Der Verlag gab kein Lebenszeichen mehr, und Ende Juni war das Buch vom Tisch, sogar bei meinem Lieblingshändler – 's ist Herbst, sagte er, wir brauchen Platz für die neue Ware. Seine und meine literarische Meinung lagen also doch nicht so eng beieinander, wie von mir bisher angenommen. Aber was konnte einer auch erwarten, der anstelle nützlicher, kapitaler Romane seine seltsam schlanken Prosagespinste verfaßte? Und selbst dabei hart an der Grenze zur Schweigepflicht entlang fabulierte? Nach jeder mehr oder minder folgenlosen Veröffentlichung sagte ich mir, die schönste Form der Anerkennung geschieht eben in beiläufigen Momenten – geradezu traumhaft, wenn ein Bekannter quer durchs Restaurant seine Leser-Sympathie herübermimte oder ein anderer mir lächelnd ein behaltenes Zitat zumurmelte, und zwar eines, das im Buch erst nach der Seite 20 stand. Wer nur kleine Geschichten schrieb, galt höchstens als Adoptivkind der Dichter – mit mehr Bestätigung war in dem Fall nicht zu rechnen.

Die Einladung aus Passo Fundo kam, so gesehen, mehr als überraschend. Niemals zuvor hatte mich eine Anfrage aus dem Ausland erreicht! Doch sie verdankte sich dem Zufall, vielleicht auch einem transatlantischen Mißverständnis – gleich zwei ältere, erfahrene Kollegen versprachen sich einfach nichts von einem Aufenthalt in Passo Fundo. Und weil gerade einige meiner Beiträge über unsere Hauptstadt in einem Sammelband erschienen, war nach den beiden Absagen die Reihe an mir. Die Veranstalter baten um sofortige Nachricht.

Für ihre Einladung hatten sie nicht den günstigsten Zeitpunkt gewählt, insbesondere nicht aus Sicht meiner neuen Freundin. Die stockend erzählte Neuigkeit schockte Christine. Du nach Brasilien, sagte sie, und das sofort? Sie verband mit diesem Land offenbar eine Menge entsetzlicher Vorstellungen. Die Leute dort unten kriegen keinen anderen für die Sache, erklärte ich, sie sprachen von einem allerletzten Versuch. Christines nächtliches Schweigen und manch mißtrauischer Blick machten mir die Entscheidung schwer. So kurz nach dem Kennenlernen suchte sie noch nach einer Einstellung zu meinem Beruf, zu seinen verbiesternden, lähmenden Phasen und den plötzlichen Aufbrüchen. Sic hätte diese Sommerwochen lieber gemeinsam genutzt – ein von mir rundum geteiltes Bedürfnis, das die Neugier und Vorfreude auf ein dem entgegenstehendes Ereignis erheblich dämpfte. Aber nach zweitägiger Bedenkzeit sagte ich den Veranstaltern mein Erscheinen zu, und als es losging, war ich vom besonderen Sinn dieser Reise sogar überzeugt.

Passo Fundo liegt im Südwesten Brasiliens, nahe der uruguayischen Grenze, inmitten einer weithin flachen, feldreichen Landschaft. Auf der Anfahrt aus dem Busfenster betrachtet, sah sie nicht wesentlich anders aus als mitteleuropäische Gegenden auch. Nur die vielen, erregend zerknäuelten Autowracks am Straßenrand und die wie weiße Taue steil im blauen Himmel hängenden Rauchsäulen irritierten den Blick eines Landesfremden. Lückenhaft bebaut und matt belebt, hatte die Stadt in den ersten Momenten etwas Fiktives – sie wirkte wie die hingeschluderte Ortsbeschreibung eines schlechtgelaunten Romanciers. Neben dem alten Kern mit Bürgerhäusern aus der Gründungszeit baute sich die Kulisse eines neueren Zentrums auf – drei, vier Einkaufsstraßen und vereinzelt hingesetzte Verwaltungskästen kündeten von einem begrenzten Aufschwung. Mit etwa zweihunderttausend

Einwohnern brachte es eine Stadt wie diese hierzulande gerade mal zum unbekannten Marktflecken. Und daher erklärten manche Bewohner den sprachlichen Sinn des Ortsnamens gern drastisch mit der »tiefen Furche« im verlängerten Rücken des Menschen – dort also, an der entsprechenden Stelle der Welt, läge demzufolge die Stadt Passo Fundo.

Was würde mich in den nächsten Tagen hier erwarten?

Schmale Spruchbänder spannten sich über den wenigen Hauptstraßen – »III. Nationale Tagung für Sprache und Literatur!« Das war das Abenteuer, um das es an dieser Stelle gehen sollte. Die Stadt stand dank Soja gut da, die private Universität, die Veranstaltung auch. Voller Wißbegierde auf das Leben im vergrößerten Deutschland hatten die Leute von Passo Fundo tief in die Margarinekasse gegriffen, um einen Zeugen der Entwicklung einzuladen – das dominierende, auffällig blonde Haar und die winterblassen Gesichter der Vertreter des Empfangskomitees verliehen diesem Bedürfnis auf äußerliche Weise Nachdruck. Denn die Furche der Welt befand sich fest in der Hand von Deutschstämmigen, fester jedenfalls als in den Händen anderer. Fazenda Baumgarten, Leiteria Lambrecht und ähnlich geläufige Namen verkündeten die Firmenschilder, ein Professor Hilpert begrüßte mich in fehlerfreiem Deutsch älterer Zeiten, und die Generalsekretärin Tania Mariza K. Rösner überreichte mir ein formvollendetes, pappenes Zertifikat. »Hat teilgenommen« bestätigte im selben Zuge auch die Eintragung meines Namens unter der laufenden Nummer 906Schrägstrich093 in das Registerbuch Nummer 03Schrägstrich01.

Eine verdammt lange Reise, dachte ich, und doch nicht so weit gekommen.

Wir saßen bei Kaffee und Kuchen und unterhielten uns mit der holprigen Vertrautheit entfernter Verwandter, die ein seltenes Familienereignis zusammenführt – bald einig darin, daß die meisten Probleme meines Landes als lösbar, die meisten Probleme ihres Landes hingegen als unlösbar gelten mußten. Nur der Süden sei rechtschaffen erfolgreich und drauf und dran, sich vom schwierigen Rest irgendwie zu lösen – Wir zahlen doch nur für die anderen! Voller Unruhe erwarteten sie die Teilnehmer aus diesen anderen Regionen, aus den kranken Krakenstädten und den einfach arm genannten Gegenden im Nordosten – deren dramatische Existenz war von hier aus gesehen genau so wenig vorstellbar wie aus noch weiterer Entfernung. In Passo Fundo selbst verlief das Leben allem Anschein nach in geordneten Bahnen – eine größere Aufregung als die Organisation der Tagung schien es zumindest für Herrn Hilpert und Frau Rösner nicht bereitzuhalten.

Die ersten Eindrücke verwunderten mich so, als wäre ich in das unverändert gebliebene, heimatliche Milieu einer Kleinstadt der frühen sechziger Jahre zurückgekehrt, in eine beklommen zwischen Deutschstunde und Tanztee changierende Stimmung. Mit ihrem biederen Äußeren erinnerten mich auch meine Gastgeber an diese Zeit – die Männer wie Herr Hilpert in ihren schlichten, modisch rückdatierbaren Anzügen sahen aus wie meine längst vergessenen Schuldirektoren, Frauen wie die Rösner mit Handtäschchen und halbgoldenem Klunker glichen deren Gattinnen. In Gestus und Erzählweise wirkten sie wie leicht verunsicherte Bewohner einer Kolonie, deren Zentralmacht es schon länger versäumt hatte, sie auf neue Umgangsformen und Stile hinzuweisen. Überrascht von soviel nur raum- und zeitversetztem deutschen Wesen gestand ich den beiden, daß meine bisherige Vorstellung von Brasilien nicht unbedingt mit der am Ort vorgefundenen Realität übereinstimmte.

So geht es uns in diesem Land auch ständig, sagte Herr Hilpert, wir wissen nie genau, wo die Wirklichkeit endet und die Fiktion beginnt. Er lächelte seinem Satz für Momente verlegen hinterher, als wüßte er es tatsächlich nicht genau.

Es war nicht viel los in der Stadt, Herbst – eine laue Sonne verlosch langsam, bemerkenswert pünktlich wie nur in ländlicher Provinz. Mir gefielen solche müden Städte schon immer. Sie luden einem keine Erwartungen auf, sie kämpften gegen ihre Bedeutungslosigkeit erst gar nicht an. Kein Ladenbesitzer mußte sich großen Andrangs erwehren, kaum jemand überbot mein Schlendertempo, außer einigen Gruppen hellblonder, deutschgesichtiger Schüler, die Übergewichtigen prägnant in Jeansklamotten gefriemelt. Sie zogen albernd durchs Zentrum, wo ein Park den Kontrast zwischen den ungleichen Ortshälften abschwächte. Und im Zentrum dieses Parks erhob sich auf einem Denkmalssockel die einzige Sehenswürdigkeit – eine Tasse aus Stein, groß und hoch wie eine nackte Litfaßsäule, die cuia, das Trinkgefäß für Mate-Tee, das Wahrzeichen des Südens. Die Steintasse, von Ehrenhain und Bänken umgeben, galt als Treffpunkt für Verliebte. Das erzählte man Fremden sofort. Und die cuia war immer dabei – ein guter Junge brachte zum Rendezvous einen dicken Beutel Mate und eine Zweiliter-Pumpkanne Heißwasser mit. Der erste Rundgang und der freundliche Empfang ließen mich annehmen, vor unlösbaren Rätseln und großen Überraschungen in Passo Fundo ziemlich sicher zu sein.

Gewohnheitsgemäß verbrachte ich die letzte Stunde vor Veranstaltungsbeginn im Hotel. Ich lag auf dem Bett und versuchte, mir angenehme Situationen mit Christine genau vorzustellen. Über zehntausend Kilometer hinweg war das gar nicht so einfach. In den Tagen vor dem Abschied hatte es keinen Streit mehr gegeben, ausgenommen einmal, als ich sagte, um etwas zu erreichen, müsse man auch weite Wege gehen, das diene schließlich der Verbreitung unserer Kultur – eine zweifellos etwas unglückliche, verbrauchte Formulierung. Christines beängstigend zerstörerisches Lachen klang mir noch in den Ohren und auch die von ihr berichtete Meinung meines stets abrufbereit lauernden Vorgängers: Warum eigentlich nimmt der Herr Schriftsteller seine neue Freundin nicht mit auf den Brasilien-Trip? Solche verschlüsselten Komplimente eines in der Sache ungefragten, nebenbuhlerischen Mannes konnten einen unterwegs mächtig beunruhigen. Sollte es mir jemals einfallen, eine Reiseerzählung zu schreiben, dann würde darin kein einziges Hotelzimmer vorkommen, und erst recht kein rauchend auf dem Bett liegender Kerl, der sich an einem obendrein freiwillig aufgesuchten Ort wie Passo Fundo vor Sehnsucht nach der fernen Geliebten in die Fingerkuppen beißt.

Pumpende Mate-Teetrinker auch in einer wie aus geheimem Versteck herbeigeholten, unübersehbar langen Menschenschlange, an der wir auf dem Weg zur Universität vorbeifuhren und uns fragten, was denn hier los wäre, ob es irgendwo ein Rockkonzert gäbe? Nein, wieso, sagte Herr Hilpert, die wollen alle zur Eröffnung der Literaturtage. Als unsere kleine Teilnehmerschar durch einen Seiteneingang in den Tagungsort gelangte, hielten wir völlig verblüfft inne und schauten uns mit ungläubigen Gesichtern an – drei-, vier- oder fünftausend Personen füllten die Basketballhalle restlos. Was für eine irrwitzige Menge! Die aufsteigenden Ränge voll besetzt, der Innenraum auch, und noch immer drängten von den Kassen weitere Gruppen ins Spektakel. Ihr froher Erwartungslärm vibrierte in meinen Knochen. Auch für die anderen Teilnehmer schien der Fall untrainiert – nur langsam löste sich die Bewegungsstarre und ließ einige lahme, orientierungslose Schritte zu. Wie vorsichtige Hirten, mal zuredend, mal drängender, brachten uns die Veranstalter an die gewünschte Position.

Ehe ich mich – einer spontanen Eingebung und auch meinem Naturell folgend – auf die hinteren Plätze verkrümeln konnte, bot man mir einen Stuhl in der ersten Reihe der Ehrentribüne an, und zwar den neben einem bereits fest sitzenden Oberst der Armee. Sein Kinnbart und die Uniformlitzen waren vom gleichen Silbergrau. Die Lehne schon in der Hand, geriet ich in einen komplexen, inneren Konflikt und wollte den Platz lieber ablehnen. Aber wäre das so auf die Schnelle auch die richtige Entscheidung? Herr Hilpert bemerkte mein Zögern und nahm mir die Bedenken – der Mann säße nur pro forma da, flüsterte er, ohne besondere Bedeutung. Ich setzte mich grußlos und plierte auf sein Namensschildchen, Schoeller hieß der Mensch, na ja, ein falscher Hesse vielleicht. Der Oberst nickte mit nur mäßig getarnter Arroganz, und gegenüber auf den höchsten Rängen unterm Hallendach erhoben sich seine Bläser-Soldaten – die brasilianische Nationalhymne, die Eröffnung.

Augenblicklich endete das Chaos der Tausende, der Lärm verebbte, ein grandioser Auftakt. Alle erhoben sich, nun eine Gemeinschaft von entschlossenem Ernst, die die Zeit für ein letztes, kollektives Durchatmen nutzte. Jenseits aller Skrupel fühlte ich mich in diesen Minuten dem Land außerordentlich verbunden, womöglich nahm ich den Hymnengruß ein paar Takte lang zu persönlich. Auch konnte ich zum ersten Mal in meinem Berufsleben zu mir selber aufschauen – zwei kinobildgroße Videowände flankierten die Ehrentribüne. Die Live-Übertragung beglaubigte die Bedeutung der Veranstaltung mit erstklassigen Bildern vom Präfekten, vom Bürgermeister und Rektor, und auch vom stellvertretenden Gouverneur, der sich mir eben noch als Lyriker vorgestellt hatte und nun als einziger bei der Vorstellung ausgepfiffen wurde. Eine rasche Bestrafung, fand ich und stellte fest, daß das Publikum fast ausschließlich aus Frauen bestand. Angehende Lehrerinnen, erklärte Herr Hilpert, eine Tradition – die Frauen machen bei uns die Schule.

Nach den Allerweltsformeln der Vertreter der Demokratie hielt der Vertreter der Autoren eine wilde Brandrede gegen diese Demokratie. Der neue Präsident war schon tot, als er sein Amt antrat, rief der Mann, unser Staat ist nur ein brutales System zur Bereicherung der immerselben Leute. Dem heftigen Applaus nach zu urteilen, gehörten die betreffenden Leute nicht zu den Besuchern der Literaturtage. Auf der Ehrentribüne applaudierten nur einzelne – Oberst Schoeller, in Kritikermanier, klatschte bei diesem Beitrag nicht. Also zünden wir alle zusammen die Flamme des Lebens wieder an, forderte der Autoren-Vertreter und endete seinen Protest mit gereckten Fäusten und dem mehrmals herausgebrüllten Hochruf: *Viva o cuia*! Es lebe die Tasse! Unter Beifalls-Ovationen des nun stehenden Publikums verließ er mit energischem Tritt das Pult.

Seit Beginn seiner Ansprache hatte ich jeden Moment mit dem Abbruch der ganzen Angelegenheit gerechnet. Erleichtert und beeindruckt gratulierte auch ich ihm – eine sehr radikale Rede, unglaublich radikal. Ach wissen Sie, sagte der Dichter, in diesem Land ist man entweder radikal oder eine Null. Danach verschwand er, um fürs anschließende Bankett seinen Anzug zu wechseln – zum dritten Mal an diesem Tag.

Eine Lesung als radikale Null? Und das vor vier-, fünftausend Menschen in einer überfüllten Basketballhalle? Die Sache bereitete mir zunehmend Kopfzerbrechen. Wie schnell schlug manchmal die Begeisterung einer Menge ins schiere Gegenteil um – und außerdem hatten noch nie zuvor so viele Frauen auf einmal Gelegenheit, mich in aller Ruhe bei der Arbeit zu betrachten. Da fiel mir ein, daß eigentlich jeder damit rechnen mußte, in Brasilien seinen persönlichen Publikumsrekord zu brechen – Sinatra 180tausend, McCartney 150, auch Nina Hagen mit glatten 90tausend! Das war bekannt und normal für dieses Land, aber in meinem Fall wiederum kein wirklich beruhigender Gedanke. Reiß dich zusammen, dachte ich, du bist schließlich Gast hier und obendrein verliebt, da hat man doch grundsätzlich keine ganz so schlechte Ausstrahlung. Die Brandrede noch im Sinn, beschloß ich vorsichtshalber die Streichung einiger Vortragspassagen, die sich mit dem traurigen Erlöschen altlinker Utopien befaßten – warum hier unnötiges Gemurre im Saal aufziehen lassen, auf den Augenblick kommt es an, auf die Überzeugungskraft weniger, treffender Worte.

Es gab gar keine Lesungen. Niemand nahm bei seinem Auftritt ein Buch oder Manuskript zur Hand. Die Schriftsteller erzählten frei, die Märchenschreiber erfanden spontan, Karikaturisten sangen als Rockband, »Die Regierung soll mehr Brücken bau'n, dort könn'n sich die Bettler zum Pennen hinhau'n«. Und eine Lyrikerin sagte, »Und nun ausnahmsweise mal zwei Zeilen aus einem meiner Gedichte.« Ausnahmsweise! Das Publikum schickte unentwegt auch lustige Frage-Zettel zum Podium, Oberst Schoeller unterbrach sein Schweigen nicht. Auch dann nicht, als eine ältere, rotblonde Frau ins Hallenrund fragte, »Wissen Sie, warum ich nur Kurzgeschichten schreibe?«, und sich bald selbst mit herausgeprustetem, alle ansteckendem Lachen antwortete, »Weil ich so faul bin!« Die Chance zur Selbstironie ließ sich kaum besser nutzen – mit solch unüberbietbaren Untertreibungen konnte danach kein anderer mehr daherkommen. Aber womit sonst?

Bevor ich angesichts des gelungenen Programms in trostlose Träumereien versank, umarmte mich ein schwarzgelockter Mittsechziger – der einzige offenbar, der die Ängste wegen meines drögen Vortrags in der Tasche ahnte. Meine Landsleute hielten euch Deutsche immer für herzlose Verstandesmenschen, sagte er, doch seit den

Fernsehbildern vom Mauerfall ist das anders. Es gab keinen Grund, ihn mit komplizierten Thesen zu verwirren, so wie der Mann sich darüber freute. Bei einem Jahre zurückliegenden Gastaufenthalt in Berlin hatte man ihn durchweg für einen Türken gehalten, so daß er seine Abende schließlich nur noch in Döner-Imbissen verbrachte – es war wunderbar bei eurem Schattenvolk, sagte er, fast wie zu Haus in den Küchen von Salvador.

Als der Moderator den deutschen Teilnehmer ankündigte, mußte er nicht ausdrücklich um Ruhe bitten. Nach meinem Empfinden sprach ich mit leiser, brüchiger Stimme, aber durch die überdimensionierte Tonanlage kam das Gesagte mächtig laut heraus. Wohl wie ein Baby fühl ich mich hier, begann ich meine Rede, umrauscht von den sanften Melodien einer weichen, mir noch unverständlichen Sprache – einige zaghafte Lacher aus den vorderen Reihen. Aber riesig groß ist meine Freude, daß in einer kleinen Stadt fünftausend Leute kommen, um etwas über Literatur zu hören, keiner wird mir das zu Hause glauben – starker Applaus in der Halle. Auch meine skeptische Freundin wird mir diese Geschichte nicht glauben... die Existenz einer Einladung aus Brasilien habe ich ihr erst kurz vor der Abreise gestanden... und dafür auf der Stelle eine Ohrfeige gekriegt... die Frauen, hatte sie noch gemurmelt, diese vielen schönen Frauen – begeistertes Aufjauchzen und Jubelgeschrei in der gesamten Halle. Nun konnte ich den ausgedünnten Vortrag halten. Als einige Zuhörerinnen Notizen machten, zählte ich im Geiste schon die nachher hochgereichten Fragezettel – »Komm um Mitternacht an die Tasse« oder »Ich bringe dir in zehn Minuten Brasilianisch an der cuia bei.« Doch bald stieg der Geräuschpegel der Gespräche wieder an, und viele begannen zu stricken. Pullover werden in dieser Gegend jederzeit gebraucht.

Die frei erfundene Ohrfeigengeschichte, dieser spontane, in der situativen Bedrängnis an Christine begangene Verrat, bereitete mir natürlich einige Gewissensbisse. Aber nach meinen letzten Worten und dem Dank an den Übersetzer gab es erneut herzlichen Applaus vom Publikum und ausführliches Händeschütteln auf dem Podium. Interessanter Vortrag, sagte ein Kollege – sehr lehrreich, besonders die Auslassungen, ein anderer. Dann drängte auch die Generalsekretärin durch den Menschenpulk auf mich zu, gefolgt von Kameramännern und Fotografen. Nach einer vor Aufregung verhaspelt herausgebrachten Ansprache und mit den offiziellen Glückwünschen aller Verantwortlichen überreichte mir Tania Mariza K. Rösner eine ansehnliche, weibliche Bronze-Figur, die Trofeu Vasco Prado. Welch eine Überraschung! Eine Auszeichnung mit so klangvollem Namen! Nach der jahrelangen, mühseligen Arbeit in den Minenfeldern der Ehre wurde meine ausdauernde Geduld in diesem Augenblick doch noch belohnt. Da es sich, wenn auch undotiert, um den ersten mir je verliehenen Preis handelte, ging ich zur Bühnenrampe und stemmte die leichte Figur mehrmals sportlich in die Höhe, zur immer neuen Freude des Publikums.

Kein Zweifel, die Leute von Passo Fundo lieben die Literatur.

Denn als ich wieder an den zugewiesenen Platz zurückkehrte und die Schleier der Erregung langsam aus meinen Augen wichen, entdeckte ich unter dem Tisch der Veranstalter sechs, sieben weitere Exemplare derselben Bronze-

Trophäe – jeder Autor erhielt heute abend die Trofeu Vasco Prado. Und nach nur kurzem Zögern war ich vollkommen überzeugt, am Ende hatte jeder einzelne diesen Preis auch verdient.

Editorische Notiz

»Passo Fundo«, erschienen in der Anthologie »Da schwimmen manchmal ein paar gute Sätze vorbei«, hg. v. Heinz Ludwig Arnold, Frankfurt am Main, 2001.

»Gutgeschriebene Verluste«, erschienen in »Die sanfte Tour«, Frankfurt am Main, 1989 (Neufassung).